古典詩歌研究彙刊

第四輯

龔鵬程 主編

第 4 冊

〈天問〉研究（下）

高秋鳳 著

國家圖書館出版品預行編目資料

〈天問〉研究（下）／高秋鳳 著 — 初版 — 台北縣永和市：花
木蘭文化出版社，2008〔民 97〕

目 4+162 面；17×24 公分
（古典詩歌研究彙刊 第四輯；第 4 冊）

ISBN　978-986-6657-34-4（精裝）
1. 楚辭　2. 研究考訂

832.18　　　　　　　　　　　　　　　　　　97012022

ISBN - 978-986-6657-34-4

9 789866 657344

古典詩歌研究彙刊
第四輯　第 四 冊　　　　　ISBN：978-986-6657-34-4

〈天問〉研究（下）

作　　者　高秋鳳
主　　編　龔鵬程
總 編 輯　杜潔祥
出　　版　花木蘭文化出版社
發 行 所　花木蘭文化出版社
發 行 人　高小娟
聯絡地址　台北縣永和市中正路五九五號七樓之三
　　　　　電話：02-2923-1455／傳眞：02-2923-1452
電子信箱　sut81518@ms59.hinet.net
初　　版　2008 年 9 月
定　　價　第四輯 20 冊（精裝）新台幣 28,000 元

〈天問〉研究（下）

高秋鳳 著

目

次

上　冊

自　序

緒　論 ………………………………………………………… 1

第一章　有關〈天問〉諸問題 ……………………………… 5

　第一節　作者問題 …………………………………………… 6

　　壹、〈天問〉作者諸家說 ………………………………… 6

　　貳、〈天問〉作者之商榷 ………………………………… 13

　第二節　寫作時地問題 …………………………………… 18

　　壹、〈天問〉寫作時地諸說 …………………………… 19

　　貳、〈天問〉寫作時代考辨 …………………………… 30

　　參、〈天問〉寫作地點考辨 …………………………… 36

　第三節　呵壁問題 ………………………………………… 41

　　壹、反對呵壁諸家之說 ………………………………… 42

　　貳、贊成呵壁諸家之說 ………………………………… 47

　　參、呵壁說之商榷 ……………………………………… 59

　第四節　文義不次與錯簡問題 ………………………… 64

　　壹、文義不次問題 ……………………………………… 65

　　貳、錯簡問題 …………………………………………… 72

　第五節　題義問題 ………………………………………… 89

　　壹、〈天問〉題義諸家說 ……………………………… 89

貳、〈天問〉題義諸說之商榷 ······· 99
第六節　〈天問〉於《楚辭》中之篇次問題 116
壹、〈天問〉於今本、舊本之篇次 ···· 117
貳、移易〈天問〉篇次諸家說 ······ 119

第二章　〈天問〉創作之因緣 125
第一節　時代因素 ······· 125
壹、政治局勢 ········· 126
貳、社會狀況 ········· 129
參、學術背景 ········· 130
第二節　地理因素 ······· 135
壹、自然條件 ········· 135
貳、風俗習慣 ········· 137
參、學術氛圍 ········· 141
肆、藝術背景 ········· 146
第三節　作者因素 ······· 150
壹、身世際遇 ········· 150
貳、性情人格 ········· 155
參、思想意識 ········· 158
肆、才氣學力 ········· 161
第四節　文學因素 ······· 162
壹、詩三百篇 ········· 163
貳、神話傳說 ········· 168
參、南方民歌 ········· 170
肆、諸子散文 ········· 173
伍、史傳散文 ········· 176

第三章　〈天問〉之淵源 181
第一節　形式之淵源 ······· 182
壹、謀　篇 ········· 184
貳、造　句 ········· 192
參、遣　詞 ········· 203
肆、押　韻 ········· 212
第二節　內容之淵源 ······· 223
壹、取　材 ········· 226
貳、思　想 ········· 239

中　冊

第四章　〈天問〉之內容與形式 ·············· 255

第一節　內容之研探 ····················· 255

壹、創作動機 ························· 256

貳、作品主題 ························· 265

參、內容大要 ························· 274

肆、提問性質 ························· 295

伍、蘊含思想 ························· 303

陸、素材運用 ························· 323

第二節　形式之分析 ····················· 330

壹、篇　局 ··························· 331

貳、章　式 ··························· 353

參、造　句 ··························· 357

肆、遣　詞 ··························· 364

伍、聲　律 ··························· 393

陸、辭　格 ··························· 405

第五章　〈天問〉對後代文學之影響 ·········· 423

第一節　擬作之產生 ····················· 423

壹、魏晉南北朝時期 ··················· 424

貳、隋唐宋元時期 ····················· 431

參、明清時期 ························· 437

第二節　對各體文學之影響 ··············· 448

壹、辭　賦 ··························· 448

貳、詩　歌 ··························· 455

參、詞　曲 ··························· 465

肆、散　文 ··························· 471

伍、小　說 ··························· 477

下　冊

第六章　〈天問〉之價值 ···················· 481

第一節　文學價值 ······················· 481

壹、別創一格之體製 ··················· 485

貳、宏博繁富之內容 ··················· 486

參、奇詭雄渾之風格 ··················· 488

　　　　肆、特出之藝術手法 ………………………… 494
　　　　伍、神話傳說之總匯 ………………………… 497
　　　　陸、後代文學之寶庫 ………………………… 500
　　　第二節　史學價值 …………………………………… 502
　　　　壹、保存古史珍貴材料 ……………………… 503
　　　　貳、提供古史研究資源 ……………………… 505
　　　　參、影響後代史學著作 ……………………… 508
　　　　肆、輔助邊緣學科研究 ……………………… 511
　　　第三節　哲學價值 …………………………………… 514
　　　　壹、保存先秦哲學文獻 ……………………… 515
　　　　貳、開展哲學研究課題 ……………………… 518
　　　　參、影響後代哲學論著 ……………………… 520
　　　　肆、激起哲人答注之作 ……………………… 524
　　　　伍、發揚懷疑批判精神 ……………………… 529
　　　　陸、啓迪後人思考探索 ……………………… 529
　結　論 ……………………………………………………… 535
　附　錄
　　　附表一：〈天問〉各家錯簡整理表 ……………… 545
　　　附表二：〈天問〉各家篇次表 …………………… 563
　　　附表三：〈天問〉內容大要表 …………………… 565
　　　附表四：〈天問〉提問性質分析表 ……………… 567
　　　附表五：〈天問〉主錯簡說各家分段表 ………… 575
　　　附表六：〈天問〉各家分段表 …………………… 581
　　　附表七：〈天問〉句型分析表 …………………… 585
　　　附表八：〈天問〉疑問詞、指稱詞分析表 ……… 591
　　　附表九：〈天問〉虛詞分析表 …………………… 605
　　　附表十：〈天問〉韻譜 …………………………… 613
　參考書目 ………………………………………………… 619

第六章　〈天問〉之價值

內容宏博繁富，形式獨創別裁之〈天問〉，因其性質之特殊，既為文學作品，亦類哲學論著，又似歷史著作。以是不僅有文學價值，亦有史學、哲學之價值。德育以為〈天問〉重大之文學、史學、哲學價值乃無法否認。〔註1〕聶恩彥則謂：〈天問〉奇詩，於中國文學史、哲學思想史與科學史上，皆有突出之歷史地位。〔註2〕張正明亦以〈天問〉為文史寶庫，其中收藏關於天文、地理、神話、歷史、民族、民俗之珍貴資料。〔註3〕然〈天問〉之文學價值向被視為《楚辭》中最低，而其史學、哲學之價值亦長期為世人所忽略。但自前文「〈天問〉之內容與形式」，及「〈天問〉對後代文學之影響」之探討，可見〈天問〉之文學價值實不容輕忽，而其史學、哲學之價值，亦應重視。以是研探〈天問〉之價值，主要可自文學、史學、哲學三端論之。

第一節　文學價值

王世貞《藝苑卮言》謂〈天問〉「詞旨散漫，事跡愔悅」。〔註4〕

〔註1〕參見德育〈略談天問的幾個問題〉（《北方論叢》，1980年二期）。
〔註2〕參見聶恩彥〈天問和天對〉（《山西師大學報》，1985年一期）。
〔註3〕參見張正明《楚文化史》，頁262。
〔註4〕見王世貞《藝苑卮言》卷二。

張京元以爲〈天問〉之雜沓，較之於〈離騷〉、〈九歌〉、〈九辯〉，「即非魚目，寧屬夜光」。﹝註5﹞至胡適〈讀楚辭〉則謂〈天問〉文理不通，見解卑陋，全無文學價值。陸侃如〈屈原評傳〉亦言〈天問〉有文義晦澀、文理錯亂兩大缺點。﹝註6﹞游國恩則指出〈天問〉之文學價值於《楚辭》中爲最低。﹝註7﹞鄭賓宇更云：

> 〈天問〉，顯然是屈原的處女作，是未成熟的作品。思想是很薄弱的，藝術是很幼稚的，辭句是不優美的，組織是不嚴密的，序次是很錯綜的。﹝註8﹞

錢鍾書《管錐編》則以〈天問〉爲「題佳而詩不稱」、「題妙可以庇詩」，又曰：「持較〈卜居〉，則〈天問〉之問情韻枯燥；持較〈問〉篇，則〈天問〉之問詞致呆板」，故謂：「〈天問〉實借《楚辭》他篇以爲重。」﹝註9﹞

以上乃前人於〈天問〉之文學價值或有致疑者，然致疑者雖有之，而稱美者則更多。李賀云：「〈天問〉語甚奇崛，于《楚辭》中可推第一，即開闢來亦可推第一。」﹝註10﹞楊愼亦言：「有文字以來，此爲創格，鏗訇汗漫，怪怪奇奇，邈焉寡儔，卓乎高品。」﹝註11﹞陳深則曰：「特創爲百餘問，皆容成葛天之語，入神出天，此爲開物之聖，後有作者皆臣妾也。」﹝註12﹞孫鑛更美之曰：

> 或長言，或短言，或錯綜，或對偶，或一事而累累反復，或聯數事而鎔成片語。其文或峭險，或澹宕，或佶倔，或流利，諸法備盡，可謂極文之變態。﹝註13﹞

徐煥龍《屈辭洗髓》亦稱曰：

> 篇內或相承而問，或突如其問，或遙接而問，章法奇。語

﹝註5﹞ 參見張京元《刪註楚辭·引首》（姜亮夫《楚辭書目五種》，頁81引）。
﹝註6﹞ 參見《陸侃如古典文學論文集》，頁272。
﹝註7﹞ 參見游國恩〈天問研究〉（《國學月報彙刊》第一集，17年1月）。
﹝註8﹞ 見史墨卿〈歷代楚辭品評要略〉引（收入《楚辭文藝觀》）。
﹝註9﹞ 參見錢鍾書《管錐編》，頁607至609。
﹝註10﹞ 引自明蔣之翹《七十二家評楚辭》（見《楚辭評論資料選》，頁417）。
﹝註11﹞ 見歸有光《諸子彙函·玉虛子》引。
﹝註12﹞ 見陳本禮《屈辭精義·天問》引。
﹝註13﹞ 同註10，頁419。

> 調長短錯綜，變換百出，句法奇。百煉成詞，一字若千鈞
> 之力，字法奇。一何字、焉字、孰字、安字、誰字，疊成
> 數百言，不厭其多，但覺其妙，體製奇。所以屈集爲詞賦
> 祖，獨〈天問〉無能效其體。〔註14〕

夏大霖《屈騷心印》亦譽道：

> 其創格奇、設問奇、窮幽極渺奇、不倫不類奇、不經不典
> 奇。……奇氣縱橫，獨步千古。
> 其文章之起伏照應，變化莫測，而條理井然，真乃化工！
>
> 〔註15〕

民國以來，聞一多亦謂〈天問〉「氣魄之大，罕有人比」，「筆調變換
也極盡其美」。郭沫若更駁斥胡適「文理不通，見解卑陋，全無文學
價值」之說而曰：

> 這些卻眞眞是活天冤枉！其實〈天問〉這篇要算空前絕後
> 的第一等奇文字。全篇以一「曰」字領頭，通體用問語，
> 一口氣提出了一百七十二個問題。以那種主于以四字爲
> 句、四句爲節的板滯的格調，而問得參差歷落，奇矯活突，
> 毫無板滯的神氣，簡直可以驚爲神工。而那所提出的問題，
> 從天地開闢以來一直問到他自己，把他對于宗教信仰上
> 的、神話傳說上的、歷史記載上的、人生道德上的各種各
> 樣的懷疑，都痛痛快快地表示了一個淋漓盡致。那種懷疑
> 的精神，文學的手腕，簡直是前無古人而後無來者。〔註16〕

自郭氏之說出，治騷者乃多肯定〈天問〉之文學價值。如彭毅以爲〈天
問〉「不僅是一篇有價值的文學作品，而且是一篇偉大的獨一無二的
傑構。」〔註17〕德育則曰：

> 〈天問〉的價值必須充分肯定。……它包羅萬象的內容，
> 深邃的思想，追求眞理的精神，熾烈的憂國之情，通篇疑

〔註14〕見游國恩《天問纂義》，頁 478 引。
〔註15〕見《楚辭評論資料選》，頁 430。
〔註16〕見郭沫若《屈原研究》(收入《郭沫若古典文學論文集》)。
〔註17〕見彭毅〈楚辭天問隱義及有關問題試探〉(《文史哲學報》二十四期，
　　　　頁 74)

問、參差錯落、靈活多變的獨特形式，博得古今讀者的贊嘆。〈天問〉無疑是早現于我國詩壇的奇葩，它重大的文學、史學、哲學價值，是無法否認的。〔註18〕

　　據上引諸家論述觀之，前人於〈天問〉之文學價值實有截然相反之兩極看法。然何以同一作品而評價如是迥異？〈天問〉究竟有無文學價值？其文學價值又何在？凡此似應再進一步探討。平心而論，如據一般藝術常規評鑑〈天問〉，〈天問〉確有「思想壓倒形象，語言束縛情感，認識意義超過鑒賞意義，哲學價值高於美學價值」〔註19〕，及部分文句過於樸拙〔註20〕之病，以是其情韻、詞致實較〈離騷〉、〈九歌〉遜色。但如前人所謂「詞旨散漫，事跡恍惚」、「雜沓」、「文義晦澀」、「文理錯亂」則未必然。蓋此諸弊，或因〈天問〉本事失傳，或以執後起歷史觀念以解〈天問〉，亦有因流傳過程出現之錯簡、訛字所致，非〈天問〉本身之過。若胡適「文理不通，見解卑陋」之說，早爲徐旭生、郭沫若所駁。〔註21〕至於鄭賓宇之言，徵諸「〈天問〉之內容與形式」所論，則亦未必盡是。而錢鍾書所謂「〈天問〉實借《楚辭》他篇以爲重」，實有可能，然〈天問〉縱令有借他篇以爲重，其本身之文學價值亦不可輕忽。誠如王雪蘭《屈原及其作品研究》所言，吾人欣賞文藝作品，當摒除一切成見與偏見，承認「美是以各種不同的姿態呈現著的」。〔註22〕〈天問〉既是別裁獨創之第一等奇文字，則自不宜以藝術常規論之。歌德嘗言：

　　　　一般說來，對於一個畫家的筆墨或者是一個詩人的字句，
　　　　我們不應該在細節上斤斤計較；毋寧說，對於一件本來是
　　　　用大膽而自由的氣魄創造出來的藝術作品，我們也應該盡

〔註18〕　同註1。
〔註19〕　蕭兵語。見《詩經楚辭鑑賞辭典》，頁1038。
〔註20〕　參見何敬群〈楚辭屈宋文研究導論〉(《珠海學報》第五期，頁165)。
〔註21〕　參見徐旭生〈天問釋疑〉(《努力週報・讀書雜誌》四期) 及郭沫若《屈原研究》。
〔註22〕　參見王雪蘭《屈原及其作品研究》(臺灣大學中文研究所民國60年碩士論文)。

量用大膽而自由的氣魄去看它、欣賞它。〔註23〕

〈天問〉正是屈子以大膽而自由的氣魄所創造之奇詩，倘能據其自身創造之藝術風貌審視之〔註24〕，則透過諸家之評析與「〈天問〉之內容與形式」所論，〈天問〉之文學價值至少有六：別創一格之體製、宏博繁富之內容、奇詭雄渾之風格、特出之藝術手法、神話傳說之總匯，後代文學之寶庫。以下試略論之。

壹、別創一格之體製

楊慎以〈天問〉爲有文字以來之創格。徐煥龍則謂其章法奇、句法奇、字法奇、體製奇，後人乃無能效其體。夏大霖亦指出其「創格奇」。今人饒宗頤則言：

> 〈天問〉文章之體裁，無論內容與形式方面，比較其他文
> 學作品，總是別創一格，尤其有問而無答，和其他問答文
> 體判然有別，是十分奇傀的。〔註25〕

然則〈天問〉體製之別創一格，乃爲楚辭家之共識。

透過前文於〈天問〉形式淵源之探究與〈天問〉形式之分析，可知〈天問〉體製雖前有所承，但屈子卻能以獨運之匠心，兼賅諸作，別裁多體，於傳承中加以創新，乃能有其別創一格之體製。〔註26〕略而言之，其體製之特色可自四端言之：其一，就篇局言，〈天問〉不僅於段落結構表現與其他文學作品不同之異彩，而其以日字領起全文，單篇直陳而連發百七十二問，且只問不答之謀篇方式，尤爲獨特。此蓋〈天問〉所以被稱爲體製獨創之主要原因。再者，〈天問〉長達千五百餘字之篇幅，亦古詩體製之大突破。〔註27〕其二，就章式言，

〔註23〕見《歌德和愛克曼的談話》（此引自潘嘯龍〈天問的淵源與藝術〉）。

〔註24〕參見潘嘯龍〈天問的淵源與藝術〉（《中國社會科學》1988年六期）。

〔註25〕見饒宗頤〈天問文體的源流——「發問」文學之探討〉（《臺大考古人類學刊》，三十九卷四十期）。

〔註26〕參見第三章第一節「形式之淵源」。

〔註27〕參見羅昌奎〈略談《詩經》和《楚辭》藝術形式的異同〉（《中國古代、近代文學研究》1985年一期）。

雖以四四與四四句之結合為多，但又將其他章式雜於此式中，且巧妙運用疑問詞與句型之配合，使各章組織變化多端，此其章式之奇妙也。其三，就造句言，雖以四言句為基調，但於四字句中雜以三、五、六、七言，又善於運用疑問詞數量與位置之變化，復益以虛詞之巧妙穿插，與夫特殊句型之利用，使其句式多變，乃成《詩經》後四言詩之創格。其四，就遣詞言，疑問詞之大量使用與變化多端，乃〈天問〉遣詞最大特色，亦其所以能有奇崛體製之重要原因。若虛詞之靈活運用，指稱詞之使用異於他篇，與夫特殊語彙之入詩，亦其風格獨特之故。若其遣詞之樸拙簡潔、準確精鍊，雖無華彩，但卻詞嚴義密，亦其與騷、歌所以大異其趣也。〔註28〕然則〈天問〉不僅於形式發展已擺脫《詩經》之桎梏，其於詩歌體製開創之功，尤堪稱道！

　　〈天問〉別裁獨創之體製，後亦多模擬者。饒宗頤云：「〈天問〉文體確立以後，晉六朝以來，便有不少摹倣他的作品，在中國文學史上，且形成一條支流。」〔註29〕然不特後世襲其形式，乃使文苑中有此一體，而其連續發問之體製，亦影響後世之辭賦、詩歌、詞曲、散文、小說。〔註30〕準此以觀，〈天問〉別創一格之體製，不僅使其成為第一等奇文字，更開後世「問句體」，其於文學之發展，蓋有價值焉！尤有進者，因〈天問〉全文皆問之體製，更使其具有永恒之藝術魔力。誠如湯炳正所云：

> 它比歷史上任何哲學上的結論、科學上的結論或宗教上的結論，都具有更為永恒的藝術魔力。〔註31〕

此亦〈天問〉重要之文學價值也。

貳、宏博繁富之內容

　　任望〈屈原和楚辭〉云：

〔註28〕參見第四章第二節「形式之分析」。
〔註29〕同註25。
〔註30〕參見第五章「〈天問〉對後代文學之影響」。
〔註31〕見湯炳正《楚辭類稿》，頁275。

> 〈天問〉是一首奇特的長詩，通篇提出了一百七十多個關
> 於天文、地理、神話、歷史、時事等各個方面的問題。作
> 品表現了詩人的淵博學識、求知精神、政治傾向和道德準
> 則。像這樣的詩篇，在我國古代文學作品中也是絕無僅有
> 的。〔註32〕

〈天問〉上自天文，下至地理，溯及宇宙太初以迄屈子當世，其內容之宏博繁富，宜乎今人譽爲單篇之《史記》，有韻之通史。

通過前文於〈天問〉內容之研探，吾人固知：〈天問〉既爲抒憤，亦以諷諫，又因究理之複雜創作動機，乃使其具有多義性之主題。既欲以歷史興亡爲鑒戒，強調國之盛衰要在人事，又因人事之禍福無定而溯及宇宙自然之探討，蓋有意「究天人之際，通古今之變，成一家之言。」以是其運用之素材，既多神話傳說、歷史材料，亦取資自然現象、諸子學說，乃使其題材廣博豐富。而複雜之創作動機與以問謀篇之特殊體製交相爲用，乃使百七十餘問之性質有異，是以其蘊含之思想更爲博大精深。既反映作者之宇宙觀、天道觀、歷史觀、政治觀、認識論，亦表現其懷疑思想、科學思想、愛國思想，與夫強烈之批判精神。職是之故，〈天問〉乃成內容最爲宏博繁富之單篇文學作品。〔註33〕文學作品之有豐富內涵，〈天問〉正爲後人創作提供最好之範例。而其「囊括宇宙，並吞八荒」之宏富內容，不僅直接促成漢賦之形成，亦多爲後世文人取資。〔註34〕準此以觀，其文學價值亦無須贅言。

再者，張震嘗云：

> 屈原作品內蘊之豐富，他把整個中國的神話、宗教、歷史、
> 天文、地理，換言之，全部古文化史，都非常巧妙地編織
> 在他那些沈博絕麗的篇章裡，並且與世界幾種古文化，息
> 息相通。他的作品像一管寶鑰，你拿著它便可打開世界文

〔註32〕見《河北文學》1980 年十二期，頁 69。
〔註33〕參見第四章第一節「內容之研探」。
〔註34〕同註 30。

化巍峨宏敞殿堂，讓您恣窺那裡面的「宗廟之美，百官之富」。〔註35〕

徵之於輓近學者之研究〔註36〕，〈天問〉確為了解世界文學之管鑰，同時亦為比較文學之材料。然則其文學價值實不宜輕忽也。

參、奇詭雄渾之風格

〈天問〉別創一格之體製與宏博繁富之內容，因屈子匠心獨運之大手筆而巧妙結合，乃成空前絕後之第一等奇文字。如斯之作，其風格亦必與其他文學作品大異，而於筆區文苑展現其獨具之風情。以下先援引各家對〈天問〉之評騖，以為探討〈天問〉風格之據。蓋前人之品評，或有流於主觀、抽象者，然風格既為內容、形式結合後之精神表現〔註37〕，其本身即屬抽象之意念，故而自前人不同角度之主觀、直覺品評，或能加深吾人於〈天問〉之全盤性了解與整體悟入，亦可矯正前文以分析歸納方式將〈天問〉拆碎開來之弊。

劉勰《文心・辨騷》云：

〈遠遊〉、〈天問〉，瓌詭而慧巧。

李賀云：

〈天問〉語甚奇崛，于《楚辭》中可推第一，即開闢來亦可推第一。

桑悅曰：

字法奇，句法奇，章法奇，亂而無序，正是大奇。

王鏊〈楚辭章句序〉云：

若〈天問〉、〈招魂〉，譎怪奇澀，讀之多未曉析。〔註38〕

楊慎曰：

〔註35〕見張震〈屈原的愛國思想〉（《民主憲政》五十一卷五期）。

〔註36〕如蘇雪林、王孝廉、蕭兵之研究。

〔註37〕廖蔚卿《六朝文論》：「風格即是內容與形式結合後的精神。」（見頁190）

〔註38〕桑悅語，見吳天任《楚辭文學的特質》，頁58引。王鏊語見《楚辭書目五種》，頁21。

有文字以來，此爲創格，鏗訇汗漫，怪怪奇奇，邈焉寡儔，
卓乎高品。

陳深曰：

〈天問〉發難至千五百言，書契以來，未有此體，原創爲
之。先儒謂其文義不次，乃原雜書於壁而楚人輯之。今讀
其文，章句之短長，聲勢之佶崛，皆有法度，似作也，非
輯也。〔註39〕

特創爲百餘問，皆容成葛天之語，入神出天，此爲開物之
聖，後有作者皆臣妾也。

孫鑛曰：

或長言，或短言……可謂極文之變態。（見前）

黃文煥《楚辭聽直》云：

通篇一百七十一問，以何字、胡字、焉字、幾字、誰字、
孰字、安字，爲字法之變；以一句兩問、一句一問、三句
一問、四句一問，爲句法之變；以或於所已問者復問焉，
或於正論本論中，忽然錯綜他語而雜問焉，或於已問之順
序者，複而逆問焉，以此爲段法之變。……布陣至大，布
勢至順。然使句句皆順，則文字板直，意緒不慘，於是乎
錯綜出之，忽彼忽此，以破板直之病。〔註40〕

蔣之華曰：

〈天問〉奧義，若太古篆，亦霹靂石文。〔註41〕

陸時雍《楚辭疏・天問》云：

屈原正其義，詭其詞，錯舉往昔爲問。

林雲銘《楚辭燈・天問跋》云：

一部《楚辭》，最難解者莫如〈天問〉一篇，以其重複倒置，
且所引典實，多荒遠無稽。……茲細味其立言之意，以三
代之興亡作骨，其所以興在賢臣，所以亡在惑婦。……全

〔註39〕　見馮紹祖觀妙齋刊《楚辭章句》卷三末引。
〔註40〕　見《楚辭評論資料選》，頁421。
〔註41〕　同註10，頁420。

爲自己抒胸中不平之恨耳。篇中點出妺喜、妲己、褒姒，
爲鄭袖寫照……末段轉入楚事，一字一淚。……至於引舜、
象、王喬……皆逐段中錯綜襯貼，反擊旁敲，原不分其事
蹟之先後。點染呼應，步步曲盡其妙，看來只是一氣到底，
序次甚明。……其從天地未形之先說起，以有天地方有人，
有人方成得世界。自此後茫茫終古，治亂紛紜，皆非人意
計所能及，恐無時問得盡也。寄慨遠矣。

徐煥龍《屈辭洗髓》云：

篇內或相承而問……獨〈天問〉無能效其體。（見前）

王邦采《屈子雜文箋略・自序》云：

〈九歌〉之音思以慕，〈天問〉之音思以荒，〈九章〉之音
思以激，〈遠遊〉之音思以曠。

金蟠曰：

每一問發人多少想路。句則神鏤鬼劃，味則海錯山珍，奇
則星飛電掣，幽則塚函枕笈，藻則寶彝丹鼎，體則鼇負鯨
掀，開天地間無數文人膽識。〔註42〕

蔣驥《山帶閣注楚辭・餘論》卷上云：

〈天問〉一篇，多漫興語。蓋其閱覽千古，仗氣愛奇，廣
集遐異之談，以成瑰奇之制，亦舒憂娛哀之一助也。

夏大霖《屈騷心印》云：

人有言「奇文共欣賞」。不圖二千年餘來，尚留〈天問〉篇
之奇文以待賞。其創格奇、設問奇、窮幽極渺奇、不倫不
類奇、不經不典奇。……觀其神聯意會，如龍變雲蒸，奇
氣縱橫，獨步千古。今而後識其奇也。

其文章之起伏照應，變化莫測，而條理井然，眞乃化工！

〔註43〕

喬億《劍谿說詩》卷上云：

《雕龍》曰：「〈騷經〉、〈九章〉朗麗以哀志……〈漁父〉

〔註42〕見陳本禮《屈辭精義・天問》引。
〔註43〕同註15。

寄獨往之才。」愚按：〈九章〉之詞迫，不可謂麗。……〈天
問〉奇肆，豈惠巧哉？〔註44〕

屈復《楚辭新注・天問》云：

事之有無，理之是非，物之變怪，三閭豈真昧昧哉？讒佞
高張，忠賢葅醢，天地陰陽，何故如斯？千秋萬載之人所
欲同聲一問者也。問帝王之興亡，讀者已心印懷襄；問后
妃之貞邪，讀者已心印鄭袖；問人臣之賢奸，讀者已心印
黨人。是三閭之言，祇在天地山川商周唐虞，而人自得於
瀟湘江漢間也。至九段節節言不盡意，又爽然自失矣。

陳本禮《屈辭精義・天問》云：

前後分四大段十小段，統計一千五百四十五言。前以突起，
後以禿柱，而中間灝灝瀚瀚，如波濤夜湧，忽起忽落，又
如雲龍變化，倏隱倏現。後儒徒驚怖其言，莫能尋其肯綮
之所在，以致囫圇吞棗，誤讀者多矣。

日人岡松甕谷《楚辭考》云：

余嘗謂屈子〈天問〉與吾邦近世伊澤蟠龍所著〈俗說辯〉
略同。詩所謂善戲謔兮不爲虐者，蓋幾之矣。但其文詞酷
似周公爻辭，儵忽變幻不可得而端倪，真爲詼奇絕特之筆。

〔註45〕

　　以上乃民國肇立前，各家評騭〈天問〉之說。民國以來之治騷者
於〈天問〉亦多有品評。游國恩以爲〈天問〉之文學價值於《楚辭》
中爲最低。但卻有絕好之一點，爲他篇所不及，即錯綜變化，最不單
調。〔註46〕又以〈天問〉爲奇文，於吾國文學史上可謂前無古人，後
無來者。如謂屈作〈離騷〉爲最偉大，〈天問〉則最奇詭。〔註47〕聞
一多則謂凡大必美，讀〈天問〉之大作，宜自技巧入手。〈天問〉之
大，其筆調變換亦極盡其美。又以〈天問〉問盡古今宇宙時空之最大

〔註44〕同註40，頁172。
〔註45〕見岡田正之《楚辭》卷三，頁1引。
〔註46〕同註7。
〔註47〕參見游國恩《楚辭論文集》，頁260。

問題，氣魄之大，罕有人比。﹝註48﹞郭沫若更言：

> 〈天問〉這篇要算空前絕後的第一等奇文字。…前無古人
> 而後無來者。(見前)

王雪蘭《屈原及其作品研究》據《文藝心理學》第十五章釋剛性美與
柔性美之說明，乃謂：

> 〈天問〉是一首很雄偉而壯觀的詩篇。它的形式相當突出，
> 幾乎全以發問式的語句構成的。全篇共有一百七十二問，
> 從開天闢地問起，幾乎將所有對宇宙、神話、傳說、歷史
> 以至於人生的懷疑，都很慧黠巧妙地一一宣洩而出。它是
> 屬於一種光怪陸離的剛性的美，彷彿挾巨大的力量傾山倒
> 海而來！那種渾渾灝灝的氣魄，也許只有米開蘭基羅在色
> 斯檀教寺的屋頂壁畫可以比美。……〈天問〉的文學意味
> 正在那一分古拙，那一分渾灝，那一分大刀闊斧的雄偉感
> 覺！
> 至於本篇為何不像屈原其他作品在藝術上那麼完美，而呈
> 現著一種白描的、質樸的風格，這與〈天問〉本身的內容
> 有關，它一方面陳述對天地形成之初的好奇，一方面又敘
> 述對歷史傳說的疑問，這種近乎敘事、抒情之間的文體是
> 以明白簡鍊取勝的。所以通篇幾乎都是採用《詩經》四言
> 體的方式，讀來令人感到言有盡而意無窮！

孫作雲則言〈天問〉：

> 文詞精煉，高度概括，運用古書成語，民間寓言，自鑄新
> 詞；句法變化多端，文筆活潑生動。﹝註49﹞

黃國彬《中國三大詩人新論》以為屈作不但題材繁富，且風格多變，
又云：

> 在〈天問〉裡，屈原一開始就上溯渺茫混沌，直觸時空的
> 核心，想像如鋼線拔入高空向宇宙深處遠航……一百七十

﹝註48﹞ 參見鄭臨川〈聞一多先生論《楚辭》〉(《社會科學輯刊》1981 年一、
二期)。
﹝註49﹞ 見孫作雲《天問研究》，頁 99。

多個問題，一口氣橫掃四方上下古今天地日月星辰山川商
夏虞唐。神話、傳說和歷史交織錯綜，千態萬狀使讀者目
呆心眩。一百七十多個問題一個接一個逼來，氣勢緊湊多
變如千濤萬浪在追逐前進。如此奇詭的作品，在中國文學
史上真是一座排空怒起的萬仞險峰。〔註50〕

張正明則謂：「〈天問〉借神話故事與歷史傳說以鑄偉詞，寫得氣勢奔
放，奇矯活突。」〔註51〕陶佳珞〈略論屈原詩歌的悲劇美〉則謂：

〈天問〉充滿活躍、奇特的想像，熔詩情與哲理於一爐，
既表現出奇崛之美，又給人以杳冥深遠、悲壯蒼勁的感受
和豐富的哲理啓迪。……〈天問〉中蘊藏著屈原爲楚國的
興亡憂心忡忡的情感潛流。

綜觀上列諸家之品評，雖不無彼此矛盾處，但亦可見其大略。所
謂「奇、變、瓌詭、奇崛、怪奇、瑰奇、奇肆、奇詭、錯綜、灝瀚、
奇氣縱橫、變化莫測、詼奇絕特、奇矯活突、氣勢奔放、悲壯蒼勁」
云云，正可見〈天問〉特異之風格。據諸家之評騭與前文於〈天問〉
內容、形式之研析，竊以爲〈天問〉之風格，可以「奇詭雄渾」稱之。
試申論之：

就內容言：〈天問〉自天地未闢問至戰國之世，自其人所處之楚
地擴及中國、天下，以至於天地四方。其時空場景之浩大，正展現壯
偉雄渾之氣勢。而所問之神話傳說、歷史故事，雖非有意好奇衒怪，
但或受壁畫影響，或因楚文化之薰染，其所問多奇聞異物，而取材亦
有非信史化傾向，以是後之讀者以其多詭異之辭，譎怪之談，乃稱道
其奇詭。就形式言：其一問到底、緊湊多變之強烈質疑，其巨大之篇
幅，參差歷落之句法，皆表現其雄渾奔放之氣勢。而其獨樹一幟之體
製，奇矯活突之問語、古拙質樸之語言，亦使人覺其奇詭。要言之：
囊括宇宙、總覽人物之宏富內容，與別創一格、獨樹一幟之特異形式
結合，乃形成〈天問〉之奇詭雄渾。而此「奇詭雄渾」，不唯與詩三

〔註50〕見黃國彬《中國三大詩人新論》，頁6。
〔註51〕見張正明主編《楚文化志》，頁365。

百篇大異其趣，亦與《楚辭》他篇大不相同。然則〈天問〉獨到特異之風格，於中國文學史上自有其價值。又況其「奇詭雄渾」不僅促成漢賦之巨偉，且亦影響後世文風，李賀詩之怪澀，稼軒詞之豪放，蓋皆有得自〈天問〉之陶染也。

準此以觀，〈天問〉奇詭雄渾之風格亦其文學價值所在。

肆、特出之藝術手法

欲將〈天問〉囊括宇宙、總覽人物之繁富內容，以一問到底之特異體製表現，實非易事。蓋自然現象之探索、人事禍福之質疑、歷史興亡之詰問，本不易入詩。然屈子賴其特出之藝術手法，乃將本不易入詩之內容，賦予詩之形象、詩之感情、詩之格律，且以宏偉奔放之氣勢表現深沈之思考與活躍之想像，所用語言又較其他屈作更多吸取散文特點，而仍能保持詩歌語言之特殊結構與節奏。〔註52〕由於想像豐富、構思新穎、氣勢恢宏、句式靈活、音節鏗鏘、體製特異，乃使其成為空前絕後之第一奇詩。然則屈子所憑資者為何？綜合諸家之說，竊以為屈子匠心獨運之藝術手法主要有五：奇氣縱橫之問難術、意在問中與理在事中、豐富奇特之想像、神話傳說之活用、筆調變換極盡其致。以下試略論之：

一、奇氣縱橫之問難術

潘嘯龍〈天問的淵源與藝術〉以為〈天問〉奇氣縱橫之問難藝術，至少有三方面令人嘆為觀止：

其一，〈天問〉為詩歌表現藝術創造問難式之抒情奇格。屈子以前之詩歌，唯有寫人生遭際與內心情感之「描述」與「感嘆」方式，既無「問難式」之奇格，無「讓『自我』置身於無窮無盡的宇宙空間和茫茫不返的歷史長流中，以震撼古今的洪聲，發出了滾滾滔滔的詰問」。〈天問〉之問難實為破天荒之創造。

〔註52〕參見金開誠《楚辭選注・天問解題》。

其二，〈天問〉之結撰亦別具一格。自宏觀言，〈天問〉之結構，適應「仰觀」壁畫、「呵而問之」之特點，表現不斷轉換之問難式結構。看似漫無邊際，然就總體言，則有倫有次。

其三，〈天問〉之問難藝術成就，尚突出表現於縹緲恍惚、宏奇繽紛之形象上。〈天問〉之抒憤特點，非轉向內心，而是指向宇宙客體，非實指現實人生，而係反顧數千年歷史；而貫串其中者，又爲理性批判精神，更易使詩意趨向抽象而導致情韻枯燥。以是屈子乃大量穿插有關天地萬物之神話傳說與三代興亡之歷史事變及人物故事，並於問句中稍事描述、勾勒，以創造鮮明生動之問難形象。〔註53〕

二、意在問中與理在事中

劉文英〈意在問中與理在事中——略論天問的藝術形式〉以爲〈天問〉藝術上最獨特而高絕於人者有二：一曰意在問中，二曰理在事中。

〈天問〉雖只問不答，但作者自有其見解，而其見解正在其問難中，如「何羿之射革，而交吞揆之？」蓋藉問難探討羿滅亡之更深刻原因。又如「圜則九重」等有關天象之問，即表否定蓋天論。而此「意在問中」之形式具有特殊藝術作用。蓋不斷之問難比直接申訴更能使讀者關心問題，且因之而具強烈魅力。再者，問難具有強烈理性之啓發力量，且亦較易使讀者與作者產生共鳴。

〈天問〉所問多爲具體之事物，而屈子欲表明之哲理往往存於所問之事物及其關係中。如「舜服厥弟」一章，藉象事說明「天道福善禍淫」之不可信。「緣鵠飾玉」一章，藉夏桀事反映不能據天命論朝代之興亡。類此「理在事中」之形式亦具特殊之藝術作用。蓋理在事中，則形象生動；理在事中，則發人深省。〔註54〕劉氏所謂「理在事中」蓋近王夫之所謂「即事以寓規諫」，皆借古諷今，以事說理也。

〔註53〕參見潘嘯龍〈天問的淵源與藝術〉（《中國社會科學》1988年六期）。
〔註54〕參見劉文英〈意在問中與理在事中——略論天問的藝術形式〉（《甘肅師大學報》，1981年三期）。

三、豐富奇特之想像

　　梁啓超以爲屈作中最能表現想像力者，莫如〈天問〉、〈招魂〉、〈遠遊〉。〔註55〕韋鳳娟以爲〈天問〉：「那些奇矯活突的設問，本身就是想像力的飛騰馳騁」。〔註56〕篇首「遂古之初，誰傳道之」至「陰陽三合，何本何化」，「一開始就上溯渺茫混沌，直觸時空的核心，想像如鋼線拔入高空向宇宙深處遠航。」「接著，屈原在神話世界裡如大鵬迅征，飛入九天，在日月星辰間盤旋，掠入暘谷，再飛向蒙汜。從神話的氳氲世界飛入深邃的古史，從時間撲回空間，俯瞰九州，西往崑崙縣圃和增城九重。」〔註57〕雖〈天問〉所問受壁畫觸發，但如是浩大之時空場景，神話傳說與歷史材料之交錯運用，奇矯活突、一連而下之設問，非賴豐富奇特之想像不能奏功。

四、神話傳說之活用

　　善於活用神話傳說，本爲屈賦之共同特色。如〈離騷〉求女一段，寫一己追求宓妃、有娀佚女、有虞二姚，將生活與神話結合，使神話成爲生活之一部分，於神話敘述中投入感情，使神話亦成情感活動之一部分。〔註58〕而向被譽爲神話傳說總匯之〈天問〉，幾乎每問皆含一神話傳說，其運用又與〈離騷〉不同，有爲批判而引述者，有作爲提出問題之依據者，有爲表現主題思想而靈活運用者。〔註59〕聶恩彥〈天問的神話傳說〉云：

　　　　屈原在〈天問〉這首政治抒情詩中，運用了我國古代的許
　　　　多神話傳說，抒發自己的憤激感情，表現全詩的主題思想，

〔註55〕　參見梁啓超〈屈原研究〉（《文哲學報》三期，又收入梁啓超《國學研究會演講錄》）。
〔註56〕　參見韋鳳娟〈《詩經》和楚辭所反映的人與自然的關係〉（《文學遺產》1987 年一期）。
〔註57〕　同註 50。
〔註58〕　參見傅錫壬先生〈楚辭的文學價值〉（收入《中國文學講話‧概說之部》）。
〔註59〕　參見袁梅《屈原賦譯注》，頁 69 至 71。

這是〈天問〉創作的獨特之處，也是中國文學史上絕無僅
有的現象。

聶氏又指出〈天問〉運用神話傳說之突出特點：「首先，〈天問〉運用
的神話傳說，是複雜多樣而又和諧統一的。」「其次，〈天問〉運用神
話傳說，還有瑰麗多彩而又原始真實的特點。」「最後，〈天問〉運用
的神話傳說，還有敘事說理和飽含感情的特點。」〔註60〕據此可知〈天
問〉於神話傳說之活用，實為屈子傑出之藝術手法。

五、筆調變換極盡其致

黃文煥《楚辭聽直》指出〈天問〉字法之變、句法之變、段法之
變。孫鑛更美之曰：「諸法備盡，可謂極文之變態」。游國恩〈天問研
究〉以為〈天問〉之錯綜變化，最不單調，為《楚辭》中各篇所不及，
此又可自句法之變換與句法之參差說之。陸侃如〈屈原評傳〉則謂〈天
問〉協韻格式變化最多，亦他作所不及。聞一多則言〈天問〉之筆調
變換亦極盡其美。吾人自「〈天問〉形式之分析」亦可見〈天問〉之
篇局、章式、造句、遣詞、聲律皆表現靈活生動、變化多端之傾向。
〔註61〕此「筆調變換，極盡其致」，亦〈天問〉能突破四字為句、四
句為節之板滯格調，而創《詩經》後四言詩創格之主要原因。據此則
「筆調變換，極盡其致」，亦〈天問〉特出之藝術手法。

準此以觀，〈天問〉奇氣縱橫之問難術、意在問中與理在事中之
表現方式、豐富奇特之想像、神話傳說之活用與夫筆調變換極盡其致
等特出藝術手法之運用，不僅使〈天問〉成為第一奇詩，其於後世文
學表現手法之啟發更具意義。然則僅此一端，〈天問〉之文學價值即
不容被抹煞。

伍、神話傳說之總匯

魯迅《中國小說史略》第二篇以為〈天問〉中多見神話與傳說。

〔註60〕參見聶恩彥〈天問的神話傳說〉（《山西師院學報》，1981年一期）。
〔註61〕參見第四章第二節「形式之分析」。

顧頡剛則言〈天問〉所舉古事為神話與傳說之總匯。〔註62〕沉君更言：「〈天問〉一篇，已足為古代神話之大淵藪。」〔註63〕姜亮夫亦謂為「世界傳說之一大總匯。」〔註64〕即令有懷疑〈天問〉之文學價值者，亦多肯定其神話之價值。劉大杰曾言：「在文學的立場上看來，〈天問〉的價值遠不如〈離騷〉，但在古史和神話學的研究上，它卻有很重要的地位。」〔註65〕〈天問〉幾乎每一詰問即包含一神話故事或歷史傳說。其神話傳說之豐富亦其兼具文學、史學、哲學價值之因素。劉堯民〈關於天問〉列舉〈天問〉保存之神話傳說所以珍貴之因有十：

1. 這些東西都是中國原始的民間傳說（為儒者所不道的東西）。
2. 先秦諸子中沒有這豐富的東西。
3. 它是原來民族的東西，和後來沾染了方士神仙的神話不同，後者的價值不及前者。
4. 可以看出古代民族的鬥爭情態。
5. 可以看出古代階級鬥爭的情態。
6. 可以看出儒家的歷史如何造成。
7. 可以看出儒家全部歷史的虛偽性。
8. 可以看出古代民間傳說流布的廣大。
9. 可以看出民間傳說流布的方式，完全和後來的民間傳說如《孟姜女》、《梁山伯》一類的性質。
10. 可以看出人民創造力之偉大和對於後代文藝的影響。〔註66〕

上舉十項除四至七四項與文學無關外，其他六項皆與文學相涉。

據前文所論，並參考諸家之說，竊以作為神話傳說寶庫之〈天問〉其文學之價值主要有三：

〔註62〕 參見顧頡剛〈天問略說〉（《中山大學史語所周刊》十一集一二二期）。
〔註63〕 見沉君〈楚辭之祖禰與後裔〉（《北京大學研究所國學所月刊》，一卷二號）。
〔註64〕 見姜亮夫〈三楚所傳古史與齊魯三晉異同辨〉（收入《楚辭學論文集》）。
〔註65〕 見劉大杰《中國文學發展史》，頁98。
〔註66〕 參見劉堯民〈關於天問〉（《思想戰線》1980年四期）。

一、保存古代民間文學資料

奇偉瑰麗之中國古代神話，本身即爲古代獨特之民間文學樣式之一。〔註67〕〈天問〉既爲神話傳說寶庫，所保存之神話傳說正是古代民間文學資料。王雪蘭曾云：

> 有人懷疑〈天問〉所敍述的神話和傳說，不是出於一時一
> 人之手。這個是自然的。從《山海經》、《淮南子》等書的
> 記載作爲旁證看來，〈天問〉裡的故事都是片片斷斷、先後
> 產生的。但是將這些零金碎玉的傳說故事輯綴成篇的綜合
> 工作，卻是始於〈天問〉的作者。〔註68〕

然則〈天問〉綴輯神話傳說於一篇，正爲後人保存古代民間文學資料。

二、神話研究之重要資料

神話既爲古代民間文學，而今日之神話研究亦屬文學研究領域。〈天問〉以蘊藏豐富之神話傳說，乃爲神話研究之重要資料。鍾敬文之《楚詞中的神話和傳說》、宣釘奎之《楚辭神話之分類及其相關神話之研究》〔註69〕、蕭兵之《楚辭與神話》、日人白川靜之《中國神話》、袁珂之《中國神話傳說》、王孝廉之《中國的神話與傳說》、《中國的神話世界》等，皆以〈天問〉爲神話研究之重要資料。至於有關神話研究之單篇論文，以〈天問〉爲資料者亦所在多有，如胡小石〈屈原與古神話〉〔註70〕、蕭兵〈鳳凰涅槃故事的起源〉〔註71〕、秦家華〈天問與雲南少數民族神話〉〔註72〕、湯炳正〈從屈賦看古代神話的演化〉〔註73〕、傅錫壬先生〈楚辭中的夏

〔註67〕 參見袁珂〈中國神話對於後世文學的影響〉（收入浙江人民出版社《民間文學論文集》）。
〔註68〕 同註22。
〔註69〕 民國72年臺灣大學中文研究所碩士論文。
〔註70〕 《雨花》1957年1、2月號，又收入《胡小石論文集》。
〔註71〕 《耕耘》1979年一期。
〔註72〕 《思想戰線》1981年一期。
〔註73〕 收入湯炳正《屈賦新探》。

族神話解析〉〔註74〕等。據此可知〈天問〉實爲今人研究神話之重
要資料。尤有甚者,〈天問〉中有不少資料爲他書所不載,乃成爲
最早之原始記錄,如鯀禹神話中之「鴟龜曳銜」、「化爲黃熊」,羿
神話中之「射河伯、妻雒嬪」、「獻蒸肉之膏」等皆是。〔註75〕足見
其於神話研究之價值尤大。

三、影響後代之文學創作

〈天問〉中之神話傳說,多爲後代文人所取資。如辭賦、詩歌、
詞曲、小說、散文等各類文學作品皆有自〈天問〉取材者。〔註76〕而
〈天問〉運用神話傳說之傑出藝術手法更予後代文人以良好之啓示。
亦有受其影響而有藉神話傳說以形成浪漫風格之傾向,如李白之詩、
辛棄疾之詞。玄珠〈楚辭與中國神話〉云:

> 中國文人不但從《楚辭》知道了許多現已衰歇的神話傳說,
> 並且從《楚辭》學會了應用民間神話傳說的方法,從《楚
> 辭》間接得了許多題材,然後中國的文士文學乃得漸漸建
> 設起來。〔註77〕

此正爲〈天問〉對後代文學創作影響之最佳說明。

準此以觀,〈天問〉既保存古代民間文學資料,又爲神話研究之
重要資料,且其神話傳說於後代文學創作亦頗有影響,則身爲「神話
傳說之總匯」亦可見其文學價值之不容忽視。

陸、後代文學之寶庫

徐英〈天問辯〉云:

> 綜其文采,風華典則,詰難百端,而出以辭賦。莊列之所
> 未聞,山經之所不逮。今古雜陳,人神並祝,傳書壁之餘
> 藝,渫憤懣於無憀,而詭麗若是,渾茂乃爾。此所以爲千

〔註74〕 《中外文學》十五卷三期。
〔註75〕 同註 67。
〔註76〕 參見第五章第二節「對各體文學之影響」。
〔註77〕 見鍾敬文《楚辭中的神話和傳說》,頁 102。

　　古辭賦之開祖，百世騰躍而莫出其環中者與！

此徐氏明指〈天問〉與辭賦關係之密切也。本文於第五章「〈天問〉
對後代文學之影響」已自「擬作之產生」、「對各體文學之影響」二端
論述〈天問〉對後代文學之影響。略而言之：就擬作言，自六朝以迄
清季，據前人著錄即有十六家十八篇。傅玄〈擬天問〉、方孝孺〈雜
問〉、酈琥〈天問二十四首〉、黃道周〈續天問〉、李雯〈天問〉，自命
篇、內容、形式言，皆與〈天問〉關係密切。若柳宗元〈天對〉、王
廷相〈答天問〉、陳雅言〈天對〉，則賴〈天問〉始能有答釋之作也。
黃道周〈謇騷〉則引申〈天問〉語，亦緣〈天問〉而作也。若顏之推
〈稽聖賦〉、劉賡《稽瑞》，雖體製、內容與〈天問〉有異，但模擬〈天
問〉痕跡極其顯明。郭璞《山海經圖贊》、江淹〈遂古篇〉、顏之推〈歸
心篇〉性質雖與〈天問〉不同，但亦可見〈天問〉之影響。楊炯〈渾
天賦〉、劉禹錫〈問大鈞賦〉、彭兆蓀〈廣問大鈞賦〉則變為賦體，作
法有異，但部分內容與文句亦有擬自〈天問〉者。諸篇與〈天問〉或
血脈相連，或形近貌似，蓋關係非淺也。〔註78〕就各體文學言，辭賦、
詩歌、詞曲、散文，小說亦多有乞靈於〈天問〉者。如辭賦之內容、
形式皆有得自〈天問〉之育成。詩歌之體製、命意、取材、遣詞、風
格亦有受〈天問〉陶染者。詞之體製、題材、遣詞亦受〈天問〉影響。
而〈天問〉不僅為後代戲曲之素材，且形式、內容亦影響其曲文。至
於諸子書、散文家亦多有取資〈天問〉內容以撰文者。而小說中亦有
以呵壁問天為屈子故事之情節，亦有取〈天問〉本事為志怪、歷史小
說之素材。〔註79〕準此以觀，〈天問〉不僅為辭賦之開山祖，亦與其
他各體文學相關，且其影響力乃自漢迄今。然則謂之為「後代文學之
寶庫」，不亦可乎？

　　綜上所述，「別創一格之體製」不僅使〈天問〉成為第一等奇文

〔註78〕參見第五章第一節「擬作之產生」。
〔註79〕參見第五章第二節「對各體文學之影響」。

字，且開後世之「問句體」。而其「宏博繁富之內容」不僅爲文學作品之有豐富內涵提供範例，亦直接促成漢賦之形成，且多爲後世文人所取資，更爲輓近比較文學研究之珍貴材料。若其「奇詭雄渾之風格」不唯與《詩經》及《楚辭》他篇大異，於文學史自有其價值，且促成漢賦之巨偉，亦影響後世文風。至於奇氣縱橫之問難術、意在問中與理在事中之表現方式、豐富奇特之想像、神話傳說之活用、筆調變換之極盡其致等「特出之藝術手法」，不唯使〈天問〉成爲形式、內容巧妙結合之奇詩，且於後代文學表現手法之啓發更具意義。凡此皆其不可抹煞之文學價值。至若〈天問〉之爲「神話傳說之總匯」、「後代文學之寶庫」，其文學價值更無須贅言。然則〈天問〉之文學價值即令不如〈離騷〉、〈九歌〉，實亦不容忽視。又況〈天問〉除文學價值外，更兼具其他文學作品少有之史學、哲學價值，則於學術研究言，其重要性蓋不言可喻也。

第二節　史學價值

　　〈天問〉之文學價值誠不宜輕忽，但其史學價值則更應重視。自王國維〈殷卜辭中所見先公先王考〉以卜辭證〈天問〉「該秉季德」以下數章事，〈天問〉之史學價值始爲學者所重。〔註80〕然王氏之前，清之劉夢鵬、陳本禮已知〈天問〉於古史之價值。劉夢鵬於《屈子章句・天問》「昭后成游」一節下云：「據此則昭王必有征越裳之事而史失之。」蓋已略識〈天問〉可補古史之闕。〔註81〕陳本禮則謂：「〈天問〉論古事，書法原本楚史《檮杌》。」更明揭〈天問〉所傳可補古史之闕。〔註82〕但二氏之說因臆測之故，向爲人所忽。至王國維據出土文物與文獻資料，詳加考論，證〈天問〉所問非絕無根據，以是其

〔註80〕　參見《觀堂集林》卷九《史林》一。
〔註81〕　參見拙作〈清代天問研究綜述〉(《中國學術年刊》十二期)。
〔註82〕　同註81。

史學價值乃獲重視。即令疑古派學者，亦多有利用〈天問〉以論古史者。顧頡剛云：神話傳說，固非史實，然史實有以日久而失傳，反藉神話傳說保存其涯略者。如「該秉季德」、「恆秉季德」。〔註83〕其或有疑及〈天問〉之文學價值者，亦皆肯定其史學價值。〔註84〕而輓近學者於〈天問〉之史學價值尤多稱譽。郭沫若《屈原研究》云：

> 單就它替我們保存下來的真實的史料而言，也足抵得過五百篇《尚書》。〔註85〕

蕭兵《〈楚辭〉與原始社會史研究》亦云：

> 〈天問〉是形象的《檮杌》，是屈子究天人之際、通古今之變的楚《太史公書》，是現存戰國後期南方哲學、自然科學、歷史學的精華以及神話傳說、文學藝術的結晶。〔註86〕

聶恩彥更謂〈天問〉為楚之《檮杌》，中國之古代通史，較《春秋》宏博精深〔註87〕，乃詩歌、史實、史論結合之詩體史書、立體通史。〔註88〕〈天問〉之史學價值雖未必較《尚書》、《春秋》為大，但比之於《楚辭》他篇及其他文學作品，其於史學之貢獻不可謂不大。此又可自四端申論之：其一，保存古史珍貴材料；其二，提供古史研究資源；其三，影響後代史學著作；其四，輔助邊緣學科研究。

壹、保存古史珍貴材料

此特就文獻價值言。〈天問〉從自然界寫及人與自然之鬥爭，以至人類社會之矛盾糾葛；自「遂古之初」寫及母系氏族與父系氏族之原始社會，以迄封建社會；自有人類之洪荒時代，寫及人神獸共處之

〔註83〕　參見顧頡剛〈天問略說〉（《中山大學史語所周刊》十一集一二二期）。
〔註84〕　如劉大杰《中國文學發展史》、李玉潔《楚史稿》皆以〈天問〉之文學價值不如〈離騷〉，但於古史與神話學研究卻有極重要地位。（劉說見其書，頁100，李說見其書，頁340。）
〔註85〕　見《郭沫若古典文學論文集》，頁147。
〔註86〕　見蕭兵〈《楚辭》與原始社會史研究〉（收入《民族學研究》，1981年二輯）。
〔註87〕　參見聶恩彥〈天問的神話傳說〉（《山西師院學報》，1981年一期）。
〔註88〕　參見聶恩彥〈天問的歷史觀〉（《山西師院學報》，1987年三期）。

神話世界，以至現代人類之野蠻時期、文明時期。〔註89〕其涵蓋時間之綿長，所涉人事物之繁多，使其保存之神話、傳說、史料極其豐富。史料固不論，其神話、傳說雖不無荒唐怪誕，但正如顧頡剛所云：神話傳說，固非史實，然史實有以日久而失傳，反藉神話傳說存其涯略者。蓋神話爲現實之影像，傳說乃歷史之軼文〔註90〕，較之於經篡改之史料，神話、傳說更能反映歷史眞相。〈天問〉之作，既有據壁畫者，壁畫所畫往往保留較多原始因素，而屈子得地利之故，與聞之神話傳說本較北儒爲多，又況其博聞多學，又得見《三墳》、《五典》、《八索》、《九丘》及《檮杌》等史籍，故〈天問〉所問，多有與齊魯三晉異者，其保存之古史材料多有不見於其他載籍，端賴其流傳於世者，則其所保存之第一手資料尤爲珍貴。如有關夏代之事：銅器銘文與《詩經》、《尚書》、《左傳》、《國語》等多言鯀禹治水事，而少及夏初建國史，〈天問〉問夏部分正可補此缺陷。〔註91〕又如有關商族之事：自契至湯間之歷史傳說多湮沒，〈天問〉「該秉季德」以下數章，乃「又以第一手資料，塡補了這個空白。」〔註92〕然則類此第一手材料，正〈天問〉可補古史之闕，廣前史之異聞也。又，〈天問〉所問既有據楚宗廟壁畫，亦有出自《檮杌》者，故其所陳多楚人相傳之史，則又有保存楚文獻之價值。馬茂元〈略論楚辭〉以爲〈天問〉一七二問無異打開楚國歷史文獻寶庫。再者，〈天問〉有其原始性，故郭沫若以爲：

> 這是一篇很重要的作品。雖然都是以問題的形式提出，但我們只要把那些問辭去掉，就可得到古代神話傳說的一些梗概。據此，更可以考定傳世神話傳說的時代性與眞僞，凡在〈天問〉中有其梗概的，我們便可以安心相信是先秦

〔註89〕參見陸元熾《天問淺釋》，頁 127、128。

〔註90〕同註 87。

〔註91〕參見孫作雲〈從天問看夏初建國史〉（光明日報，1978 年 8 月 29 日《史學》一一六期）。

〔註92〕參見林庚《天問論箋》，頁 56。

的眞實資料，而非秦漢以後人所杜撰。這對於中國的古代，也就提出了很豐富的史料。最值得注意的，是在這些梗概中，有的已由地底發掘出的新史料而得到證明。例如王亥與王恆的傳說，帝舜與帝俊的傳說，便在卜辭中找到了它們的眞實的依據。〔註93〕

然則，就〈天問〉之文獻價值言，不僅可補古史之闕，可正古史之誤，隨地下文物之相繼出土與新興學科之日益發展，其保存之珍貴材料，經學者之不斷開發與研究之深入，於史學之價值當漸趨重要。

貳、提供古史研究資源

自王國維據卜辭證殷史，於是〈天問〉中王該、王恆、上甲微之史跡昭然發明，爲推求〈天問〉中古事啓一新途。〔註94〕自是以後，〈天問〉於古史研究之價值乃普獲學者重視。聶恩彥云：

> 〈天問〉……遠搜荒古之世，近窮寓內之事，精推顥穹之微，粗及塵礫之細，據事類義，援古證今，把天地開闢以來以至戰國屈原時的天文地理知識、社會歷史，都原始眞實地記錄下來，成爲我們研究古代社會歷史，訂證古史記載疏漏的寶貴材料。〔註95〕

〈天問〉既保存豐富而珍貴之古史材料，故於古史研究乃能提供甚多資源。孫作雲以爲：「做爲史料的源泉，〈天問〉對於我們研究上古史，特別是氏族社會末期史，及從氏族發展到國家的歷史，是有很大的貢獻的。」孫氏並舉十例以說明〈天問〉於上古研究之貢獻：

其一，氏族社會末期，由於農業之發展，需各部落或部落聯盟治水，此即古書所傳堯、舜時代，鯀禹治水傳說所本。但當時有何部落，則史無記載。然〈天問〉「鴟龜曳銜，鯀何聽焉」、「應龍何畫，河海何歷」，正說明鯀治水時，有以蛇（即虵，鴟乃虵之誤）、龜爲圖騰之

〔註93〕 見郭沫若《屈原賦今譯》，頁 84、85。
〔註94〕 參見蔣天樞《楚辭論文集》，頁 35。
〔註95〕 同註 87。

兩氏族助之，而禹治水時，則有以泥鰌（即應龍）爲圖騰之氏族助之。

其二，氏族社會自母系改爲父系時，有民俗學上所謂之「產翁制」，此於〈天問〉亦保留十分珍貴之傳說。即「伯鯀腹禹，夫何以變化？」〔註96〕

其三，堯、舜、鯀皆氏族社會末期之大酋長，斯時私有財產制逐漸建立，部落聯盟長之位乃人人想取而代之，故有鯀與舜爭而發動戰事，鯀因敗而西逃。此事之線索即：「阻窮西征，巖何越焉？」

其四，禹之時，氏族社會已沒落崩壞，氏族外婚制已無法維持，乃有禹與塗山女行氏族族內婚。此即〈天問〉「禹之力獻功……胡維嗜欲同味，而快鼂飢」事。〔註97〕

其五，禹爲氏族社會末期大酋長，斯時私有財產制成立，因此出現國家，王位之繼承乃須父子相承，但行之有年之選舉制無法消滅，乃假託將王位傳與益，而實際予啓。以是禹死後乃有啓、益爭位事。〈天問〉「啓代益作后……而禹播降」兩章即爲中國歷史從氏族至國家之重要戰爭。

其六，「何勤子屠母，而死分竟地」，蓋問啓殺母而傳位於子事。此反映國家產生初期，母系氏族殘餘勢力仍有所企圖，故啓乃殺母。

其七，夏族初建國，乃遭落後部落侵襲，此即后羿逐太康，「因夏民以代夏政」。經七、八十年之動亂，至少康之世又復國。此段歷史亦見其他古書，但未有若〈天問〉所載之翔實者。尤應注意者，則北狄亦與戰，此爲他書所無，端賴〈天問〉「盪謀易旅」一章保存。

其八，〈天問〉以六章篇幅言商湯前商族酋長王亥、王恆兄弟事，爲研究商人建國前歷史之絕好材料。

其九，歷史時期，〈天問〉之記載亦有溢出其他古書，或可與古書、古物相印證事。如伊尹逐太甲自立、周公攝政、吳太伯名獲、申

〔註96〕孫氏以爲「伯禹腹鯀」當作「伯鯀腹禹」（參見《天問研究》，頁26）。
〔註97〕孫氏以爲「胡爲嗜不同味」當作「胡爲嗜欲同味」，「鼂飽」當作「鼂飢」（參見《天問研究》，頁28）。

生字伯林等，皆可補史之不足。

其十，於歷史地理亦提供甚多寶貴材料。如北方日不照處、南方
之石林、西北之黑水、玄陜、三危。

據上列十例，故孫氏乃謂：

> 總之，〈天問〉對於上古史研究提供了十分珍貴的史料，研
> 究上古史的人絕對不能忽視這篇作品。〔註98〕

孫氏之說或有可商榷處，但由是亦可知〈天問〉於古史研究之價值。

除孫氏所標舉者外，輓近學者更多有利用〈天問〉以研究古史者。
如何師錡章〈天問女登與女媧考釋〉〔註99〕、蕭兵《《楚辭》與原始社
會史研究〉〔註100〕、鄧啓耀〈從羿的悲劇看中國原始社會解體期〉〔註
101〕、程薔〈鯀禹治水神話的產生和演變〉〔註102〕、華世欣〈禹和塗
山氏的傳說探微〉〔註103〕等，皆利用〈天問〉以探討原始社會時期之
史事。劉盼遂〈由天問證《竹書紀年》益干后位啓殺益事〉〔註104〕、
游國恩〈天問古史證〉之一、孫作雲〈后羿傳說叢考——夏時蛇鳥豬
鼈四部族之鬥爭〉〔註105〕、孫作雲〈從天問看夏初建國史〉、蕭兵〈「啓
代益作后」：原始社會末期的一場衝突——學習恩格斯名著，試解天問
難句〉〔註106〕、林庚〈天問中所見夏王朝的歷史傳說——兼論后益、
后羿、有扈〉〔註107〕、劉文英〈關於天問中的幾個古史問題〉〔註108〕、
龔維英〈天問「兄有噬犬」索解〉〔註109〕、蕭兵〈從神話傳說看夏王

〔註98〕見孫作雲《天問研究》，頁35。
〔註99〕收入《屈原及其作品詮釋》。
〔註100〕載《民族學研究》1981年二輯。
〔註101〕載《思想戰線》1981年一期。
〔註102〕收入湖南人民出版社1982年出版《民間文學論文選》。
〔註103〕載《雲南教育學院學報》1987年三期。
〔註104〕載《國立中山大學語言歷史學研究所周刊》三集三十二期。
〔註105〕載《中國學報》一卷三期。
〔註106〕載《社會科學戰線》1978年三期。
〔註107〕載《北方論叢》1979年六期。
〔註108〕載《蘭州大學學報》1980年三期。
〔註109〕龔氏以爲「兄有噬犬」章非問秦景公與弟公子鍼事，當爲夏代夷族

朝之建立〉〔註110〕、龔維英〈從天問探索啓和武觀衝突史事〉〔註111〕
等，皆據〈天問〉以考論有夏之事也。再如《古史辨》第三冊考「王
亥喪牛羊于有易的故事」〔註112〕；郭沫若斷帝俊即帝嚳，亦即帝舜，
乃殷人之帝。〔註113〕游國恩〈天問古史證〉之二〔註114〕、蕭兵〈姞妃
和小臣──天問中伊尹和商湯的故事〉〔註115〕皆以〈天問〉論商族之
歷史傳說。至於何師錡章〈天問離騷三代史事之比較〉〔註116〕、林庚
〈天問中所見上古民族爭霸中原的面影〉〔註117〕、〈天問中有關秦民
族的歷史傳說〉〔註118〕，亦皆運用〈天問〉以考論史事也。若何師錡
章〈天問楚史考述〉〔註119〕、林庚〈天問尾章「薄暮雷電歸何憂」以
下十句〉〔註120〕、湯炳正〈試論天問所反映的周楚民族的兩次鬥爭〉
〔註121〕、鄭慧生〈從天問看商楚文化的關係〉〔註122〕等，則皆據〈天
問〉以探討楚史也。

　　準此以觀，〈天問〉不僅提供古史研究之資料極其豐碩，且因其
資料多有不見於其他載籍者，故於古史研究領域之拓展亦有其功。

參、影響後代史學著作

　　〈天問〉雖非史詩，但卻有類史學著作。聶恩彥云：
　　　〈天問〉是屈原按照自己的歷史觀，把人類自然史和社會

　　　　澆、疑兄弟事。參見《學術月刊》1980 年十二期。
〔註110〕載《徐州師院學報》1981 年二期。
〔註111〕載《南充師院學報》1982 年一期。
〔註112〕參見《古史辨》第三冊，頁 5 至頁 9。
〔註113〕參見郭沫若《中國古代社會研究》，頁 198。
〔註114〕游氏〈天問古史證〉收入《楚辭論文集》。
〔註115〕載《求是學刊》1980 年一期。
〔註116〕收入《屈原及其作品詮釋》。
〔註117〕載《文學遺產》1980 年一期。
〔註118〕收入《天問論箋》。
〔註119〕收入《離騷天問考辨》。
〔註120〕同註 118。
〔註121〕收入《屈賦新探》。
〔註122〕收入中州古籍出版社《楚文化覓蹤》。

史的有關傳說記載，根據客觀的發展順序，提出一系列的
問題，寓寄褒貶，明辨是非，評論其成敗得失，總結歷史
的經驗教訓，表現自己對歷史發展的總體認識。〔註123〕

因此，聶氏以爲〈天問〉乃詩歌、史實、史論結合之「詩體史書」。
據前文之研析，可知〈天問〉既有豐富珍貴之史料，亦反映屈子深刻
體悟之歷史觀。〔註124〕如是之作於後代史學著作亦不無影響。

　　與〈天問〉關係最密切之歷史著作，當爲《史記》。漢文化既承
接自楚，而屈原又爲史遷之先驅。〔註125〕且二人之身世際遇、人格
特質亦有類似處。蓋二人同爲史官、天文家之後，而亦皆經歷宦途之
大起大落，並同屬情感濃烈、好奇愛才之人〔註126〕。以是司馬遷不
僅同情屈子，且亦熟讀屈賦。不僅撰寫〈屈原賈生列傳〉，更贊曰：

　　余讀〈離騷〉、〈天問〉、〈招魂〉、〈哀郢〉，悲其志。適長沙，
　　觀屈原所自沈淵，未嘗不垂涕，想見其爲人。〔註127〕

又據《楚辭章句·天問後序》所謂「太史公口論道之」，則史遷不僅
熟讀屈賦，於〈天問〉更有獨到之得。職是之故，其撰寫《史記》必
有受〈天問〉之影響。此又可自四端申論之：

　　其一，就創作動機言：司馬遷〈報任少卿書〉云：

　　蓋文王拘而演《周易》，仲尼厄而作《春秋》；屈原放逐，
　　乃賦〈離騷〉；左丘失明，厥有《國語》……詩三百篇，大
　　底聖賢發憤之所爲作也。此人皆意有鬱結，不得通其道，
　　故述往事，思來者。乃如左丘無目，孫子斷足，終不可用，
　　退而論書策，以舒其憤，思垂空文以自見。僕竊不遜近，
　　自託於無能之辭。網羅天下放失舊聞，略考其行事，綜其
　　終始，稽其成敗興壞之紀。上紀軒轅，下至于茲。爲十表、

〔註123〕見聶恩彥〈天問的歷史觀〉（《山西師院學報》，1987年三期）。
〔註124〕參見第四章第一節伍之三、「歷史觀」。
〔註125〕參見李長之《司馬遷之人格與風格》第一章二「楚文化的勝利」。
〔註126〕參見李長之《司馬遷之人格與風格》第五章一「司馬遷的性格之本
　　　　質」，二「好奇與愛才」。
〔註127〕見《史記·屈原賈生列傳》。

本紀十二、書八章、世家三十、列傳七十，凡百三十篇，
亦欲以究天人之際，通古今之變，成一家之言。草創未就，
會遭此禍。惜其不成，已就極刑而無慍色。僕誠以著此書，
藏諸名山，傳之其人，通邑大都，則僕償前辱之責，雖萬
被戮，豈有悔哉？〔註128〕

所謂「發憤之所爲作」，「意有鬱結，不得通其道，故述往事，思來
者」，「究天人之際，通古今之變」云云，正可說明《史記》之創作
亦如〈天問〉之既因抒憤，又爲究理，亦以諷諫。

其二，就創作意圖言：龔維英以爲《史記》「究天人之際，通古
今之變」，實受〈天問〉影響。蓋〈天問〉由問天、問人兩大部分組
成，其內涵正爲「究天人之際，通古今之變」。〔註129〕

其三，就創爲「通史」體製言：龔氏以爲〈天問〉問人部分，
敘述古史，直至己身，亦有「通史」烙印，與《史記》有相通處。
〔註130〕竊以爲史遷創爲通史之制，或受〈天問〉啓發也。蓋《史記》
之敘事，始自五帝，迄於史公當世，與〈天問〉問史事之溯自堯舜，
止於屈子之時正同。

其四，就作品反映之觀點言：〈天問〉致疑於福善禍淫之天道觀。
史遷於〈伯夷列傳〉即舉伯夷、叔齊、顏回、盜蹠爲例，致疑於「天
道無親，常與善人」。又曰：

若至近世，操行不軌，專犯忌諱，而終身逸樂，富厚累世
不絕。或擇地而蹈之，時然後出言，行不由徑，非公正不
發憤，而遇禍災者，不可勝數也。余甚惑焉，儻所謂天道，
是邪非邪？〔註131〕

又，〈天問〉多有爲鯀致不平，《史記》如〈項羽本紀〉、〈淮陰侯列傳〉
之同情失敗英雄，其精神蓋與〈天問〉相通焉！

〔註128〕見《文選》卷四十一。
〔註129〕參見龔維英〈天問結構初探〉(《青海師院學報》1983年三期)。
〔註130〕同註129。
〔註131〕見《史記·伯夷列傳》。

　　準此可見，〈天問〉之於《史記》不僅爲史料之來源﹝註132﹞，其
體製、精神亦有得自〈天問〉之啓發者。然則被稱爲「無韻離騷」之
《史記》，與被譽爲「有韻史記」之〈天問〉，關係非淺矣！

　　除《史記》外，與〈天問〉有關之史學著作，就個人所知，尚有
劉知幾《史通》與羅泌《路史》。方孝岳〈關於屈原天問〉以爲〈天
問〉實疑古惑經之先驅。《史通》之〈惑經〉、〈疑古〉各篇所論及之
問題，「在〈天問〉裡都可以得到很好的啓發。」﹝註133﹞石成〈天問
解題中涉及的三個問題〉則謂：

　　　　〈天問〉的這一反叛精神直接影響到後來的汲冢書和劉知
　　　　幾《史通》中的〈惑經〉、〈疑古〉等。﹝註134﹞

據此則《史通》亦有受〈天問〉之影響也。若羅泌《路史・後記》卷
十二、十三之〈夏后紀〉，或有取材自〈天問〉者，此自羅泌之子羅
苹，引〈天問〉之文以注可知也。如《夷羿傳》「自鉏遷于窮石」下，
注引〈天問〉「阻窮西征」語。﹝註135﹞又，敘帝桀「復伐蒙山，得妹
喜焉」下，亦引〈天問〉「桀伐蒙山」語及王逸注。﹝註136﹞

　　準此以觀，〈天問〉於史學著作之影響，蓋兼及正史、史論與雜
史之屬。然則此亦其史學價值也。

肆、輔助邊緣學科研究

　　輓近與史學有關之邊緣學科如人類學、民俗學、社會學、神話學、
考古學等新學亦多有取資〈天問〉爲研究材料者。饒宗頤以爲：

　　　　屈原的〈天問〉，不特是卓絕的文學產品，亦是無可忽視的
　　　　人類學上的素材。﹝註137﹞

﹝註132﹞參見柴德賡《史籍舉要》，頁3。
﹝註133﹞參見方孝岳〈關於屈原天問〉（《中山大學學報》1955年一期）。
﹝註134﹞見石成〈天問解題中涉及的三個問題〉（《韓山師專學報》，1983年
　　　　一期）。
﹝註135﹞參見《路史・後紀》卷十三上，頁7。
﹝註136﹞參見《路史・後紀》卷十三下，頁6。
﹝註137﹞見饒宗頤〈天問文體的源流——「發問」文學之探討〉（收入《選

孫作雲亦曾云：

> 因為研究神話傳說，研究氏族社會的圖騰信仰，時時從〈天
> 問〉中擷取材料，加以研究，頗有收穫。〔註138〕

黃德馨《楚國史話》更以〈天問〉之提問大致可分三類：一為天象問
題，二為人類學方面問題，三為歷史與天道問題。並謂〈天問〉如：
女歧無夫生子、眾人舉鯀治水、鯀化黃熊、簡狄生契等，皆屬人類學
之問。此等問題之提出，表明屈子對華夏族起源之關心，並保存頗多
古代神話資料。〔註139〕若程德祺則謂：〈天問〉於認識、考證上古社
會之歷史、文化、習俗，甚有價值。〔註140〕劉昌安亦云：

> 屈原的〈天問〉，不僅在文學史上以它想像奇特、結構詭殊
> 被稱為千古奇文，而且在研究上古歷史、社會民俗等方面
> 也具有重要價值。〔註141〕

據上舉諸家之說，可知〈天問〉於人類學、民俗學、社會學等新興學
科實有重要之價值。

　　取〈天問〉為資而於人類學、民俗學、神話學等與史學相關之
學科研究較有所獲，且有專著問世者，據個人所知，有孫作雲、蕭
兵、龔維英三氏。孫作雲《天問研究》即多取〈天問〉以說氏族社
會。如：以羲和、嫦娥、簡狄、姜嫄傳說，乃母系氏族社會「始祖
母」傳說，據之可考中國原始社會氏族之名稱、地點及相互關係。
〔註142〕再如：以舜娶二女與象「二嫂使治朕棲」乃對偶婚於父系氏
族之殘餘。〔註143〕蕭兵《楚辭與神話》、《楚辭新探》、《中國文化的
精英——太陽英雄神話比較研究》等書，亦多有利用〈天問〉以研

　　　　堂集林》）。
〔註138〕見孫作雲《天問研究》，頁80。
〔註139〕參見黃德馨《楚國史話》，頁174。
〔註140〕參見程德祺〈「伯禹愊鯀」與產翁習俗〉（《文史知識》1986年五期）。
〔註141〕見劉昌安〈從天問看史前社會的對偶婚〉（《西北大學學報》，1988
　　　　年四期）。
〔註142〕參見《天問研究》，頁131。
〔註143〕同註142，頁184。

究民俗、神話者。如《楚辭與神話》中之〈馬王堆《帛畫》與《楚辭》神話〉、〈《楚辭》扶桑若木與太陽樹神話〉、〈「鳳凰涅槃」故事的來源〉、〈女媧考〉等皆多取材自〈天問〉。而《楚辭新探》中，收〈天問〉新解二七則，亦多據〈天問〉說原始社會事。如據「交吞揉之」，論食人之風的魔法化；據「涅娿純狐」，論對偶家庭之紛爭；據「負子肆情」，論群婚殘餘。《中國文化的精英》有五篇，其一至四篇，分別爲射手英雄、棄子英雄、除害英雄、治水英雄，亦多取材自〈天問〉。趙沛霖〈評蕭兵《楚辭》研究〉以爲蕭氏之研究可視爲建立一己古史民俗神話學說體系與方法論之初步努力。〔註144〕若龔維英《原始崇拜綱要——中華圖騰文化與生殖文化》亦多取材自〈天問〉。是書分「圖騰崇拜」與「原始性崇拜」兩編，第一編八章，第二編六章，幾乎每章皆有取材自〈天問〉者。據三家之著作，可知〈天問〉確爲人類學、民俗學、神話學研究之絕佳材料。

　　然除專著外，尚有不少單篇論文，亦可見〈天問〉爲人類學、民俗學、社會學、神話學研究之資。如張正明〈屈原賦的民族學考察〉〔註145〕、蕭兵〈姜嫄棄子爲圖騰考驗儀式考——詩大雅生民、楚辭天問疑義新解〉〔註146〕、〈檮杌和美洲虎：以圖騰命名的史書——兼論天問和楚帛書的民俗性質〉〔註147〕、程德祺〈「伯禹愎鯀」與產翁習俗〉〔註148〕、蕭兵〈收養・入族典禮和普那路亞亞〉〔註149〕、〈「女歧縫裳」與對偶婚的禁例〉〔註150〕、孫致中〈禹的婚姻問題〉〔註151〕劉昌安〈從天問看史前社會的對偶婚〉〔註152〕。以上多爲人類學、

〔註144〕參見《文藝研究》1985年六期。
〔註145〕載《民族研究》1986年二期。
〔註146〕載《南開大學學報》1978年四、五期。
〔註147〕載《淮陰師專學報》1986年一期。
〔註148〕同註140。
〔註149〕載《淮陰師專學報》1980年一期。
〔註150〕同註149。
〔註151〕載《河北大學學報》1981年二期。
〔註152〕載《西北大學學報》1988年四期

民俗學取〈天問〉爲素材者。再如吳永章〈楚辭與楚俗〉〔註153〕、
王紀潮〈屈賦中的楚婚俗〉〔註154〕，則以〈天問〉爲社會學研究之
資。至於〈天問〉於神話學之運用則更爲普遍。此已於論文學價值時
言及，茲不贅述。

準此以觀，〈天問〉多爲與史學有關之邊緣學科研究之材料，斯
則亦其史學價值也。

綜上所述，雖非史詩，而有類史學著作之〈天問〉，就文獻價值
言，其保存珍貴豐富之古史材料，且多有不見於其他先秦載籍之第一
手資料，不僅可補古史之闕，正古史之誤，且其史學價值，乃隨地下
文物之出土與新學科之發展而日益重要。以是其於史學研究言，既提
供古史研究之豐碩資源，拓展古史研究之領域，又多爲邊緣學科研究
之資。而〈天問〉以其內容蘊藏之豐富史料，與作品反映之深刻史觀，
於後代之史學著作，亦有影響。然則較之於《楚辭》他篇，其所具之
史學價值，尤應特別重視。

第三節　哲學價值

被譽爲中國首位偉大詩人之屈原，其哲學成就，長期爲文學所
掩。〔註155〕胡適〈讀《楚辭》〉首發〈天問〉「文理不通，見解卑陋，
全無文學價值」之論，並據之而斷是篇非屈子所作。徐旭生乃撰〈天
問釋疑〉駁之，並謂屈子：

> 由於〈天問〉一篇，在我國哲學史一方面也應該佔相當的
> 一席。

自是而後，〈天問〉之哲學價值乃漸爲學者所重。姜亮夫以〈天問〉
爲「屈子學說之粹集」。〔註156〕蕭兵則謂：

〔註153〕收入長江文藝出版社《屈原研究論集》。
〔註154〕載《江漢論壇》1985年三期。
〔註155〕參見胡念貽〈屈原的哲學思想〉（收入《先秦文學論集》）。
〔註156〕參見姜亮夫《楚辭通故》第三輯，頁875。

　　〈天問〉則是偉大哲學家兼詩人在民間神話、傳說、宇
　　宙觀念、宗教信仰的基礎上的獨立的哲理性文學著作。
　　　〔註157〕

陳子展又據〈天問〉言屈子至少當與鄒衍、黃繚、惠施、莊周一流
思想家同等看待。〔註158〕胡念貽亦謂屈子詩篇不應僅視爲寶貴之藝
術遺產研究，尚應作爲寶貴之哲學遺產研究，尤其〈天問〉於古代
哲學中更是罕見之作。〔註159〕蓋輓近學者於〈天問〉是否爲哲理詩，
雖有爭議，但對〈天問〉之哲學價值則多持肯定態度。然則〈天問〉
之哲學價值或不如《老》、《莊》、《孟》、《荀》，但較之於其他任何文
學作品，其卓絕之哲學價值實吾人所應予重視且發揚者。據前文於
〈天問〉內容之研探，並參考諸家之說，竊以爲〈天問〉之哲學價
值有六：其一、保存先秦哲學文獻；其二、開展哲學研究課題；其
三、影響後代哲學論著；其四、激起哲人答注之作；其五、發揚懷
疑批判精神；其六、啓迪後人思考探索。以下試申論之。

壹、保存先秦哲學文獻

　　劉文英〈奇特而深邃的哲理詩——關於屈原的天問〉以爲〈天
問〉：

　　思想廣博，析理精深，論及哲學、歷史、天文、地理，諸
　　如宇宙本原、天體構成、神話傳說、天命迷信、興亡治亂、
　　壽夭禍福，簡直深入到當時整個社會文化思想的各個領
　　域。因此，它在中國思想史上，是一篇非常珍貴的文獻。

黃瑞雲〈先秦對天的認識與天問〉則以〈天問〉乃先秦對天之認識，
具有總結意義之作，係一定歷史條件下產物。〈天問〉既爲中國思想
史之珍貴文獻，又在一定歷史條件下產生，則就先秦哲學文獻之保
存言，有其特殊價值。此又可自四端論之：

〔註157〕見蕭兵〈天問文體的比較研究〉（《文獻》1984年十九輯）。
〔註158〕參見陳子展〈天問解題〉（《復旦學報》1980年五期）。
〔註159〕同註155。

一、〈天問〉為今可見先秦論天最完整之資料

方孝岳〈關於屈原天問〉以爲單就〈天問〉保存一套完整之宇宙觀與歷史傳說底子，已有極大價值。姜亮夫先生則云：

> 考之載籍，則天論之說，以南楚爲最甚，莊子最善之。其次則墨子亦有〈天志〉之篇，屈子稍後於莊子，而所言實較墨、莊爲具體，而二鄒之說，又具體於屈子，則齊魯說天或且本之南楚，亦不可知，惜古說多亡佚，今惟二鄒之說尚存於《史記・封禪書》，外此則〈天問〉當爲重點資料矣。〔註160〕

然二鄒之說，雖尚存於《史記》〔註161〕，惟所載過簡，不足以見其全豹。〈天問〉則不僅集中反映楚人之宇宙論、天象觀〔註162〕，其對天之質疑更涉及先秦所有天之概念。既問及宇宙起源、宇宙結構、日月星辰之運行等自然之天，又論及神祕之天，即至上神，與由之衍生之天道、天命。〔註163〕然則〈天問〉蓋今可見先秦論天最完整之資料也。

二、〈天問〉為探討人類認識史之重要資料

秦家華以爲雲南少數民族有關宇宙起源、天地開闢之神話，可謂〈天問〉「遂古之初」、「冥昭瞢闇」二章提問之形象化補充。如聯繫雲南少數民族神話讀〈天問〉，更能深刻感受〈天問〉確爲研究人類認識史之重要資料。〔註164〕張松如以爲對客觀世界萬事萬物之疑問，乃人類思想認識發展至一定水平之共同現象。鄒衍即嘗稱引「天地剖判」，推論「天地未生，窈冥而不可考而原也」；《莊子・天下》亦載黃繚「問天地所以不墜不陷，風雨雷霆之故」。其他各國之古老文獻，如《聖經》、

〔註160〕見姜亮夫《重訂屈原賦校注》，頁257。
〔註161〕除〈封禪書〉外，〈孟荀列傳〉亦載其說。
〔註162〕張正明《楚文化史》云：「楚人的宇宙論和天象觀，集中地反映在〈天問〉和子彈庫帛書中。」（見頁231）
〔註163〕參見第四章第一節伍、「蘊含思想」之「宇宙觀」、「天道觀」。
〔註164〕參見秦家華〈天問與雲南少數民族神話〉（《思想戰線》，1981年一期）。

《波斯古經》、印度《梨俱吠陀》中，亦有類似記錄。〈天問〉與上述典籍比較，內容更豐富，更具藝術性，且時間亦相當早。自此一角度言，〈天問〉亦為人類於宇宙認識史上之寶貴文獻。〔註 165〕據二氏之說，可見〈天問〉乃研究人類認識史之重要資料也。

三、〈天問〉為研究屈子與先秦思想之珍貴材料

孫作雲《天問研究》云：

> 在屈原的作品中，系統地反映了屈原思想的莫過於〈天問〉。〈天問〉是屈原關於宇宙形成、天地開闢、人類開始、歷代興亡以及種種神怪迷信所提出的總疑問。因此，它最能反映屈原的思想，其中也間接地反映了戰國時代人的思想，是我國思想史上的一篇重要著作。〔註 166〕

張松如亦言：

> 它對研究屈原的天道觀、歷史觀、道德觀和政治思想，提供了第一手資料；對研究先秦的意識形態和神話傳說等，也具有極重要的文獻價值。〔註 167〕

本文於第四章第一節「內容之研探」，曾分析歸納〈天問〉所蘊含之思想，共得八項：宇宙觀、天道觀、歷史觀、政治觀、認識論、懷疑思想、科學思想、愛國思想。〔註 168〕準此可知，〈天問〉確能系統反映屈子思想，於研究屈子思想言，實為珍貴之第一手材料。再者，姜亮夫以為〈天問〉所陳，蓋皆當日諸家競說之事。〔註 169〕李澤厚則謂：

> 它表現了當時時代意識因理性的覺醒正在由神話向歷史過渡。〔註 170〕

〈天問〉既表現當時之時代意識，而所陳又多諸家競說之事，則亦研究先秦之意識形態與夫戰國思想之重要文獻。據此可知，〈天問〉確

〔註 165〕 參見張松如《中國詩歌史〔先秦兩漢〕》，頁 207。
〔註 166〕 見是書，頁 16。
〔註 167〕 同註 165，頁 199。
〔註 168〕 參見第四章，第一節伍、「蘊含思想」。
〔註 169〕 同註 160，頁 258。
〔註 170〕 見李澤厚《美的歷程》，頁 68。

爲研究屈子與先秦思想之珍貴資料。

〈天問〉既有今可見先秦論天最完整之資料,又爲探討人類認識史與研究屈子及先秦思想之重要資料,則其保存先秦哲學之文獻價值可謂大矣。

貳、開展哲學研究課題

〈天問〉以其質問範圍之廣博,蘊含思想之豐富,所涉哲學研究課題亦多。雖其中不無前有所承者,但一則因其爲集中論議有關「天」(廣義)之問題,較易引人注目;一則因其爲只問不答,故更具啓發意義。職是之故,〈天問〉於哲學研究課題之開展,亦有其功矣!舉其影響較大者言之,有四:宇宙之發生、宇宙之結構、天命之有無、天人之分合。以下試申述之。

一、宇宙之發生

〈天問〉開篇至「何本何化」諸問,蓋有關宇宙起源之問題。馮友蘭以爲此即「唯物主義的宇宙發生論」。〔註171〕黃瑞雲〈先秦對天的認識與天問〉則謂此三章乃簡單概述元氣說宇宙發生論,雖非屈子學說,但因其質疑,乃能保存先秦時代最完整之元氣說輪廓。然湯炳正則謂〈天問〉首十二句,乃對過時之宇宙起源論,有的放矢之質疑,正屈子走在時代前列進步宇宙觀之體現。〔註172〕不管屈子是否主元氣說之宇宙發生論,但確因〈天問〉此三章之質疑,乃使後學注意宇宙起源之問題,而多有論議文字。

二、宇宙之結構

〈天問〉「圜則九重,孰營度之」至「日月安屬?列星安陳」,皆有關宇宙結構問題,主要針對蓋天說而發。屈子於此四章雖未具體提出個人主張,但對蓋天說如此系統且多方面之發難,論者多謂已開「渾

〔註171〕 參見馮友蘭《中國哲學史新編》第二冊,頁238。
〔註172〕 參見湯炳正《楚辭類稿》八五「〈天問〉首十二句所指何事」。

天說」先河。〔註173〕據《隋書・天文志》載，揚雄有「難蓋天八事，以通渾天」。明萬曆間至中國之陽瑪諾著《天問略》，蓋以問答方式介紹托勒玫體系之十二重天說。〔註174〕今人如聶恩彥有〈天問的宇宙理論〉〔註175〕、蕭兵有〈天問的宇宙模式〉〔註176〕、劉文英有〈中國古代的時空觀念〉〔註177〕、翟廷瑨有〈古代宇宙理論的一場探索——從天對和天問注看柳朱宇宙論的異同〉〔註178〕，更是專論〈天問〉宇宙起源與結構之作。然則諸家於宇宙結構之探討，蓋有因〈天問〉而作也。

三、天命之有無

　　朱碧蓮以爲〈天問〉之奇，最突出之一點，即對天命觀之懷疑與批判。〔註179〕考〈天問〉自三代歷史興亡與齊桓以一人之身而罰佑無定，乃知天命之不常，因天命之不常更疑及君權天授。此較之屈子之前最進步之「君權天授」說（孟子「天與賢則賢」，「天與子則與子」），更進一步，不僅不信天命，更懷疑天命之有無。〔註180〕劉蔚華〈論屈原的哲學思想〉以爲〈天問〉對天命論提出系統詰問與批判，於中國哲學史上發生重大影響。自荀況〈天論〉、王充〈談天〉、〈說日〉、柳宗元〈天對〉、〈天說〉、劉禹錫〈天論〉，直至王夫之對道學家「天理」論之批判，皆可見〈天問〉之影響。〔註181〕準此可知，〈天問〉疑及天命之有無，不僅發展出荀子之「制天命而用之」，更開展後學尊天命、反天命之論爭。

〔註173〕參見第四章第一節伍「蘊含思想」之一「宇宙觀」。
〔註174〕參見陳遵嬀《中國天文學史》第一冊，頁233。
〔註175〕載《山西師院學報》1979年三期。
〔註176〕收入《中國哲學史文集》，1980年出版。
〔註177〕載《蘭州大學學報》1980年一期。
〔註178〕載上海《社會科學》1984年四期。
〔註179〕參見朱碧蓮《楚辭講讀》，頁105。
〔註180〕參見第四章第一節伍「蘊含思想」之二「天道觀」。
〔註181〕參見劉蔚華〈論屈原的哲學思想〉（《哲學研究》1978年十一期）。

四、天人之分合

〈天問〉懷疑天命之有無，批判傳統福善禍淫之天道觀。然屈子或因傳統束縛太深，或有意藉天命無常以警惕執政者，故其雖有天人相分之傾向，卻仍未能全然否定天人之關係。然正因有〈天問〉於天人分合之不定，乃有荀子人定勝天、天人相分之天道觀。荀子乃中國思想史上首揭「天人相分」者，然屈子實其先導也。〔註182〕荀子之後，天人關係之探討，乃成哲學重要課題，此則〈天問〉亦有開展之功也。

除上列四端外，〈天問〉「女媧有體，孰制匠之」，涉及生命來源問題；而「天式從橫，陽離爰死」，則論及精神與形體之關係，亦皆哲學研究課題。〔註183〕再者，自本世紀五〇年代以來，大陸學者多以唯物思想論〈天問〉。〔註184〕此雖爲學術、政治結合所造成之偏差，但就〈天問〉於哲學研究課題之開展言，亦不無小得。準此以觀，可見〈天問〉之開展哲學研究課題，亦其哲學價值也。

參、影響後代哲學論著

日學者星川清孝以爲荀子〈天論〉、柳宗元〈天說〉、劉禹錫〈天論〉，皆與《楚辭》有關。〔註185〕張佩霖等於〈略談屈原天問的反天命思想〉亦以爲荀子〈天論〉、劉禹錫〈天論〉，及王充《論衡》皆可見〈天問〉之巨大影響。〔註186〕除上列諸家外，劉蔚華又指出王夫之對道學家「天理」論之批判，亦可見〈天問〉之影響。〔註187〕然除前人已提及之諸家外，據本文第五章第二節肆、「散文」之探討，

〔註182〕同註181。
〔註183〕參見黃瑞雲〈先秦對天的認識與天問〉（收入長江文藝出版社《屈原研究論集》）。
〔註184〕參見第四章第一節伍「蘊含思想」。
〔註185〕參見日・淺野通有等〈關於《楚辭》的座談會〉（收入《楚辭資料海外編》）。
〔註186〕參見張佩霖、薛梅卿、江德興〈略談屈原天問的反天命思想〉（《安徽文藝》1975年3月號）。
〔註187〕同註181。

尚有《淮南子》、《列子》之作，亦可見〈天問〉之跡。以下依時代先後爲次，略作申論。

一、荀子〈天論〉

星川清孝、張佩霖、劉蔚華皆以荀子〈天論〉與〈天問〉有關。劉蔚華更指出〈天問〉、〈天論〉之思想內容顯有內在聯繫。劉文英則謂：荀子〈天論〉曾言：「君人者敬其在己者，不慕在天者」。〈天問〉雖未用抽象概念講述此理，但運用藝術之形象，通過具體之人、事，所強調者亦爲此敬人不敬天之積極精神。〔註 188〕蓋若謂荀子「敬人不敬天」之精神，有得自〈天問〉之暗示也。趙輝亦指出：〈天論〉之從天人關係談治亂，又結合自然現象論述「天行有常，不爲堯存，不爲桀亡，應之以治則吉，應之以亂則凶」，以國之存亡，不在天意，乃在人事，正與〈天問〉之立意同。且文中所探討之問題，亦類似〈天問〉部分問題。〔註 189〕又，第五章第二節論〈天問〉對散文之影響，亦自命篇、內容、形式三端論證〈天論〉、〈天問〉之關係。要而言之，〈天論〉結合自然以論人事，以及重人事輕天命之思想，正與〈天問〉近似，而自〈天問〉之致疑天道，至〈天論〉之論述天道，揭出天人相分、「制天命而用之」之思想，正可見先秦天道觀之進展。〔註 190〕

二、《淮南子》

朱熹以爲《淮南子》緣解〈天問〉而作，湯炳正亦云《淮南子》之內容多由屈賦演繹而成。家井眞〈《楚辭》天問篇作者考〉竟據《淮南子》與〈天問〉之相涉，謂〈天問〉作者爲劉安。其說固誤，但由是亦可知〈天問〉影響《淮南子》之鉅大。據家井眞之比對，《淮南子》之〈地形訓〉、〈天文訓〉、〈覽冥訓〉、〈精神訓〉、〈時則訓〉、〈本

〔註 188〕 參見劉文英〈奇特而深邃的哲理詩——關於屈原的天問〉。陳師滿銘以爲「不敬天」作「不慕天」較佳。
〔註 189〕 參見趙輝〈天問——屈原給弟子的思考提綱〉（《江漢論壇》1985 年十二期）。
〔註 190〕 參見第五章第二節肆「散文」。

經訓〉、〈原道訓〉、〈氾論訓〉、〈謬稱訓〉、〈說林訓〉等篇皆與〈天問〉
相涉。然則〈天問〉之影響《淮南子》實毋庸贅言也。〔註191〕

三、王充《論衡》

　　方孝岳以爲《論衡‧談天》駁斥蓋天派將天缺西北、地陷東南托
之「共工」神力之神話，實〈天問〉「康回馮怒，墜何故以東南傾」，
已首先發難。〔註192〕劉文英則指出王充亦有類似〈天問〉「皇天集命，
惟何戒之？受禮天下，又使至代之」之問。並謂：

> 屈原和王充都發現了天命觀念無法解決的內在矛盾，從邏
> 輯上揭露天命觀念的荒謬。〔註193〕

劉蔚華〈論屈原的哲學思想〉則言王充之〈談天〉、〈說日〉可見〈天
問〉之影響。蕭兵亦云：

> 《論衡》的〈談天〉、〈謝短〉諸篇出現〈天問〉式問句，
> 可能是因爲王充的積極懷疑論和批判現實的思想與屈原一
> 脈相通。〔註194〕

前文亦已論及《論衡》之內容、形式可見〈天問〉影響，而其表現之
探索、批判精神亦承〈天問〉而發展。〔註195〕然則《論衡》亦受〈天
問〉影響之哲學論著也。

四、《列子》

　　今本《列子》據考證，其成書年代在晉初。是書之〈湯問〉篇，
饒宗頤以爲「應是很早的一篇從〈天問〉脫胎而成的文章。」其中有
論宇宙原始者，顯受〈天問〉及《莊子》影響。此外，〈天瑞〉記杞
人憂天事，問天地所以不墜不陷之故，亦與〈天問〉質問自然之探索
精神相通。此前文已論及，茲不贅述。〔註196〕然則《列子》亦受〈天

〔註191〕同註190。
〔註192〕參見方孝岳〈關於屈原天問〉（《中山大學學報》，1955 年一期）。
〔註193〕同註188。
〔註194〕同註157。
〔註195〕同註190。
〔註196〕同註190。

問〉影響之哲學論著也。

五、柳宗元〈天說〉與其他哲學性散文

柳宗元〈天說〉以天爲自然之天，強調人事之「功者自功，禍者自禍」，而以天爲能賞功罰惡實大謬。此蓋〈天問〉致疑賞善罰惡天道觀之進一步發展。除〈天說〉外，其哲學性散文如《非國語》、〈貞符〉、〈時令論〉、〈斷刑論〉、〈天爵論〉、〈封建論〉，皆可見〈天問〉之影響。要而言之，柳氏之宇宙觀繼承並發揚荀子、王充之「元氣」一元論之自然主義思想，其歷史觀則以歷史之發展非由「天」定，乃有客觀必然之趨勢。蓋皆有得自〈天問〉直接或間接之啓示，而又有進一步之發展。〔註197〕

六、劉禹錫〈天論〉

劉禹錫〈天論〉乃以宗元〈天論〉爲「蓋有激而云，非所以盡天人之際」，而欲補之而作也。是文共分上中下三篇。首辨「陰騭之說」與「自然之說」，肯定天爲自然之天，並提出「天與人交相勝而還相用」之命題。又從自然界之客觀必然性與人之社會特性，證天人之對立。最後對歷史上之神學作總結批判，以爲治世重人，亂世求天，其中並無天之干預。其說蓋承荀子〈天論〉而又有發展，或亦有得自〈天問〉之啓示也。〔註198〕

七、王夫之之哲學著作

王夫之以「生於屈子之鄉，而邁閔戢志，有過於屈者，爰作〈九昭〉」〔註199〕，自云：「匪曰能賢，時地相疑，孤心尙相髣髴」〔註200〕。其《楚辭通釋》之作，更是藉注書以抒憤泄愁，寄託一己家國之思者。其既通釋《楚辭》，則於注〈天問〉時或不免受其影響。劉蔚華以爲

〔註197〕同註190。
〔註198〕同註190。
〔註199〕王夫之〈九昭序〉語。
〔註200〕王夫之《楚辭通釋・序例》語。

夫之對道學家「天理」論之批判，可見〈天問〉之影響。考船山論天人關係，亦表現「究天人之際」之特點。另一方面，亦承天人相分之觀點，發揮人定勝天之思想。此可由《周易外傳》、《續春秋左氏傳博議》、《尚書引義》等書知之。再者，其《思問錄》運用科學知識解釋天體，並批判傳統之神秘主義。〔註201〕凡此或亦得自〈天問〉之啓示也。

自荀子之〈天論〉至有明王夫之之哲學著作，蓋皆可見〈天問〉之影響，然則〈天問〉之影響後代哲學論著，亦其不可輕忽之哲學價值也。

肆、激起哲人答注之作

侯外盧云：

> 由於〈天問〉中許多問題和哲學問題緊密聯繫著，所以歷來思想家們對〈天問〉的注釋或對答，多少反映了他們哲學思想的基本傾向。從柳宗元開始，後來如南宋楊萬里的〈天問天對解〉，如明代中葉的哲學家王廷相的〈答天問〉九十五首，如明末清初之際的傑出唯物主義者王夫之在《楚辭通釋》中對〈天問〉之注釋，都貫穿著唯物主義觀點，而上接柳宗元的〈天對〉的優良傳統。這一理論繼承的線索非常重要。〔註202〕

據此可知〈天問〉因所問多與哲學問題有關，且又只問不答，故能激起歷來之思想家，或對答之，或注釋之，而不管主觀上願意與否，皆不能不露出個人之哲學思想，乃成研究其人其世之哲學參考資料。此亦〈天問〉之哲學價值也。以下即據柳宗元〈天對〉、朱熹《楚辭集注·天問》、王廷相〈答天問〉、王夫之《楚辭通釋·天問》以申論之。

一、柳宗元〈天對〉

屈子〈天問〉與柳氏〈天對〉於中國哲學史與科學史上，皆有

〔註201〕參見王友三《中國無神論史綱》，頁364至378。
〔註202〕見侯外盧等編《柳宗元哲學選集》，頁10。

重要地位。〔註203〕前文已自內容、體製二端論述二作之密切關係。
〔註204〕但屈子與宗元二人，時代背景不同，學術環境亦異，加之
個人稟賦學養有別，而問、對性質又異，以是〈天問〉、〈天對〉之
思想觀念亦多有不同。就文學、藝術價值言，〈天對〉誠不如〈天
問〉，但單就科學、哲學言，則二文皆有重要價值，而各有卓絕成
就。

　　翟廷瑨以爲歷代注家能打破字法詞義註釋之局限，而從哲學與天
體科學，對〈天問〉有關宇宙天體詰難予以回答者，首有〈天對〉作
者柳宗元，後有〈天問〉注者朱熹。〔註205〕聶恩彥則謂：

> 柳宗元〈天對〉的主要成就，不在注釋〈天問〉，而在於借
> 回答屈原所提出的問題，堅持和發揚屈原〈天問〉中的樸
> 素唯物主義世界觀；並根據自己時代的科學研究成果，進
> 一步解釋天的問題，闡明天人之間的正確關係，從而徹底
> 否定唯心主義的天命論。〔註206〕

考〈天對〉之文，其於〈天問〉，既有繼承，亦有批判，更有發展。
要而言之：就宇宙起源言，〈天對〉「龐昧革化，惟元氣存」，明確指
出宇宙由元氣構成。「合焉者三，一以統同。吁炎吹冷，交錯而功」，
則以天體之演化乃陰陽二氣交錯之作用，無其他動力。此蓋據當時科
學發展水準，自元氣本體論出發，吸取古代渾沌元氣生成天體之思
想，將天體之起源演化，視爲自然界本身發展變化結果。就宇宙結構
言，〈天對〉承〈天問〉之問，而發展爲宇宙無限性之觀點。而回答
〈天問〉有關日月運行之問，更含有明顯地動思想。就有關天人關係
之探討言，〈天對〉反映之反天命思想較〈天問〉明確自覺。不僅指
出朝代更迭、政權變易原因不在自然之天，而在君主個人之意志與行

〔註203〕參見復旦大學《天問天對註・前言》。
〔註204〕參見第五章第一節貳之三，「柳宗元〈天對〉」。
〔註205〕參見翟廷瑨〈古代宇宙論的一場探索——從〈天對〉和〈天問注〉
　　　　看柳、朱宇宙論的異同〉（上海《社會科學》1984 年四期）。
〔註206〕見聶恩彥〈天問和天對〉（《山西師大學報》1985 年一期）。

爲，更進一步否定君權天授。〔註207〕

　　準此以觀，因〈天問〉而作之〈天對〉，確爲有價值之科學、哲學論著。

二、朱熹《楚辭集注‧天問》

　　朱子以爲〈天問〉「雖或怪妄，然其理之可推，事之可鑒者，尚多有之」。但舊注徒以多識異聞爲功，至柳宗元始欲質以義理，爲之條對，但亦學未聞道而誇多衒巧也。故乃「存其不可闕者，而悉以義理正之」。〔註208〕以是其〈天問注〉特重義理之闡發。又因其博學多識，而其哲學自「理」至「氣」中，尚有由「氣」至「物」之環節，故其〈天問注〉亦含豐富之自然哲學內容。職是之故，朱子之〈天問注〉亦爲哲學作品。劉文英以爲朱子於〈天問〉之注釋，誠及文學、歷史，但主要卻爲哲學作品。蓋從中既可見朱子研究〈天問〉之得失，亦可從側面窺其哲學之特色，乃研究〈天問〉與朱子哲學必讀之作。〔註209〕

　　較之於〈天問〉、〈天對〉，朱子〈天問注〉之殊異主要有三：就宇宙起源言，其於答〈天問〉首二章所謂：「開闢之初，其事雖不可知，其理則具於吾心，固可反求而默識」云云，顯然承認有虛構之宇宙主宰——「理」存在。〔註210〕此不僅與〈天對〉之元氣論不同，更有背〈天問〉之本意。其二，就天體演化言，其於答「明明闇闇」一章所謂：「天者，理而已矣！成湯所謂上帝降衷，子思所謂天命之性是也。……然所謂太極，亦曰理而已矣。」此則突出「理」（即「天」）之主宰意義，以爲理在陰陽之外，爲陰陽之本。此則更與〈天問〉、〈天對〉大異。就宇宙結構言，〈天問〉之質問乃針對傳統蓋天說而發，乃爲渾天說之出現闢道，但卻未具體揭出個人主張。朱子之時，自然

〔註207〕參見聶恩彥〈天問和天對〉。
〔註208〕參見朱熹《楚辭集注‧天問序》下注文。
〔註209〕參見劉文英〈從《楚辭集注‧天問篇》看朱熹的哲學〉（《社會科學》（甘肅）1983年六期）。
〔註210〕同註202。

科學較屈子時已有進展，其〈天問注〉之宇宙結構則結合渾天、宣夜之說以釋，又較〈天問〉更進一步。〔註211〕

　　準此以觀，可見《楚辭集注·天問》雖爲注釋〈天問〉之作，但其反映之思想乃朱子之哲學也。

三、王廷相〈答天問〉

　　據王廷相〈答天問序〉，可知其撰寫是篇旨意。蓋以前人之注釋不能明發問之意，無以正諸經要之道，尚蔽於聖道。故其所答務取於符道，以是所論多刺。〔註212〕

　　考〈答天問〉，其於哲理之特色有三。其一，主氣之一元論：其答〈天問〉有關宇宙起源之問，曰：「惟茲一氣，與虛同宅」。又曰：「三靈既合，一性乃成。氣爲物始，厥維本根。形有有無，俟機而化。」其注曰：「蓋陰陽生質，質生而物性成，故曰三合。雖天地亦如之，蓋二氣爲本，質爲化矣。」結合其《慎言·道體》與《雅述上》之論述，可知其肯定元氣之上無主宰者，萬物之本體，只是元氣。王友三以爲乃「堅持唯物主義氣的一元論，否定物質之外有主宰者」。〔註213〕其二，據科學常識釋自然現象：如答「夜光何德」之問，云「月光藉日，相向常滿。人不當中，時有弗見。遠日漸光，近日漸魄。視有向背，遂成盈缺。」王氏於自然科學有深入研究，故其〈答天問〉乃能據科學常識以釋自然現象。其三，據事理以駁斥神話傳說之怪誕：如答「應龍何畫」，曰：「誕者託龍，以神其事。」答伊尹得自水濱之木，曰：「母既溺死，兒焉得生？爲母化空桑，又焉得兒啼。世逖事訛，成此詭辭。」此則與王氏於其他論著表現之否定祥瑞、災異，駁斥讖緯、五行，抨擊鬼神與世俗迷信之思想相通。〔註214〕

〔註211〕同註209。
〔註212〕參見第五章第一節參之二、「王廷相〈答天問〉」。
〔註213〕同註201，頁318、319。
〔註214〕同註201，頁318至330。

準此以觀，廷相之〈答天問〉亦表現其思想之哲學著作也。

四、王夫之《楚辭通釋·天問》

劉文英〈從《楚辭通釋·天問篇》看王夫之的哲學〉云：

> 王夫之是一個兼有文學家、哲學家、史學家多重資格的思
> 想家，透過其《楚辭通釋·天問篇》，人們可以從另一個側
> 面，考察其唯物主義的哲學思想。由於〈天問〉本身涉及
> 的問題非常廣泛，《通釋·天問篇》在某種程度上可以看作
> 夫之其他哲學著作的補充，因此它在哲學史上也有重要的
> 價值。〔註215〕

劉氏因此乃以《通釋·天問》爲主，又參考夫之其他哲學論著，探討
其哲學。要而言之：有關「遂古之初」之問，夫之明確指出：「以見荒
怪之事，無所證驗。」有關「天地幽明」之問，〈天問〉反映元氣混沌
演化之思想，夫之則爲絪蘊生化論。有關日月天象之問，〈天問〉乃以
朦朧之渾天論向蓋天發難。夫之則主要是渾天論，但不徹底。又，〈天
問〉對頗多怪異傳說進行詰問，夫之乃發揮屈子反對神秘主義與探索
眞理之科學精神。〈天問〉後半以大量篇幅，就歷代興亡之經驗教訓提
問。《通釋》則特別注意屈子敬人不敬天之歷史觀，及「舉賢授能」之
政治主張。《通釋·天問篇》尚有若干早期啓蒙思想之萌芽，尤爲可貴。
如周之代殷，夫之曰：「臣主無常，有德則興耳。」又如「何試上自予」
之問，夫之以爲「忠臣苟利於國家」，可「試以上位自予」。

然則劉氏既能自《楚辭通釋·天問篇》看船山之哲學，則斯篇亦
研究夫之哲學著作之重要資料，故於哲學史上亦有重要價值也。

據柳宗元〈天對〉、王廷相〈答天問〉與朱熹、王船山之〈天問〉
注觀之，可證：〈天問〉因只問不答，且其所問又多涉哲學範疇，故
代代之哲人，皆可據個人學養以答之、釋之。而所答釋之作，不僅成
爲研究該哲人思想之重要資料，且亦爲當代之哲學著作。然則〈天問〉

〔註215〕見劉文英〈從《楚辭通釋·天問篇》看王夫之的哲學〉（《江漢論壇》，
1983 年六期）。

之激起哲人答注，蓋其永恆之哲學價值也。

伍、發揚懷疑批判精神

屈子藉其對宇宙起源與自然現象之疑問、至上神與天命觀之懷疑、古史傳說與人事現象之質疑，透過百七十餘問，或問所不知，或問所不信，或問所不平，或故意設問，乃使〈天問〉集中表現大膽懷疑與強烈批判之精神。〔註216〕因〈天問〉表現之懷疑、批判精神，屈子乃成「偉大的懷疑論者王充的前輩」〔註217〕，亦為「疑古惑經之先驅」〔註218〕。陳嘉立云：

> 屈子是個大思想家，不滿於古人敬天信鬼的傳說，(一)再探索宇宙真的秘密，所以從天問到地，而又從地問到天，遂成了啓蒙時期懷疑精神的代表者。而且是破除迷信，引導中國學人走入實踐研究途徑的大學問家。受其影響最深的，除了司馬遷父子外，還有班固、王充以及朱熹等。〔註219〕

要而言之，懷疑批判本即研究哲學不可或缺之精神，又況〈天問〉以全文皆問之體製，質詰有關自然、人事之種種，所表現之懷疑批判精神，不僅使其成為戰國時期懷疑精神之代表者，其質問之內容更為後代哲人學者提供懷疑、批判之對象，而其強烈之懷疑批判精神亦不斷激發後學之思辨。然則〈天問〉之發揚懷疑批判精神，亦其哲學價值所在也。

陸、啓迪後人思考探索

〈天問〉對宇宙自然與社會人事之提問，除表明其知識之淵博外，更體現其理性思維之發達，與探索真理之精神。陸元熾以為〈天問〉於後人之解放思想，思考宇宙、社會與人生，影響頗大。〔註220〕

〔註216〕參見第四章第一節伍之六、「懷疑思想」。
〔註217〕見《楚國狂人屈原與中國政治神話》，頁175引。
〔註218〕方孝岳〈關於屈原天問〉語。
〔註219〕見陳嘉立〈屈原論〉（《醒獅月刊》十卷七期）。
〔註220〕參見陸元熾《天問淺釋》，頁11。

若謂〈天問〉之思想價值，則主要在於：

> 喚起人們去探索宇宙、思考社會和人生，去和自然界作鬥
> 爭，和邪惡勢力作鬥爭，去吸取和總結前人的經驗教訓，
> 推動人類社會向眞理靠近。〔註221〕

然不特如此，尤其可貴者在〈天問〉係只問不答之特異體製與宏富內
容之巧妙結合，故於後人思考探索之啓迪乃具永恆性。蓋每一時代之
人，每一才學之士，皆能各據一己之學養，爲其問作出不同解答，證
以前文「開展哲學研究課題」、「影響後代哲學論著」、「激起哲人答注
之作」所論可知之矣。湯炳正嘗云：

> 而所有這一切，屈子都是以富有啓迪性的哲理詩的形式出
> 之，而不是以結論式的科學答案出之。我們知道，固定的
> 答案，往往會因時間的變遷而不同；而哲理的啓迪，卻會
> 給人們以探索眞理的永恆力量。〈天問〉之所以歷千古而常
> 新，其原因殆即在此。〔註222〕

善哉斯言也。然則〈天問〉啓迪後人思考探索之永恆力量，乃其永恆
之哲學價值也。

　　綜上所述，雖非哲理詩，而有類哲學論著之〈天問〉，其保存之
先秦哲學文獻，不特是了解屈子思想之材料，更爲研究先秦哲學所不
宜忽視之資源。而其於哲學研究課題之開展，後代哲學論著之影響，
以及不斷激發哲人之答注，不僅提供哲學研究之資料，更促進哲學研
究之開展，尤爲重要之哲學價值。若其於懷疑批判精神之發揚，後人
思考探索之啓迪，更爲永恆之哲學價值也。

　　似抒情詩，又非抒情詩，類哲理詩，又非哲理詩，有若史詩，而
又不是史詩之〈天問〉，因其特異之性質，乃使其兼具文學、史學、
哲學之價值。宜乎前人譽之爲第一等奇文字。然除文史哲之價值外，
〈天問〉於自然科學與美術音樂，亦有其貢獻，不能不略論之，以爲

〔註221〕同註220，頁128。
〔註222〕見湯炳正《楚辭類稿》，頁278。

篇終餘緒。

　　〈天問〉前半篇質問自然部分，多為天文、曆算、地理、生物等自然科學中極其重要問題。〔註223〕雖只問不答，但提問本身，於科學發展言，即為推動。更何況其提問不僅表現屈子探索自然奧秘之科學求真精神，更蘊含豐富之科學思想。〔註224〕以是於自然科學言，亦頗有貢獻。要而言之，有三：其一，提供先秦科學史之重要資料。如開篇至「曜靈安藏」有關天文一段，保存當時探討宇宙問題較完整之文字，為中國古代天文學之寶貴文獻。〔註225〕此外如「日安不到？燭龍何照」，乃有關北極光之記錄。「羿焉彈日？烏焉解羽」，則反映「太陽黑子」之現象。雖〈天問〉所問多神話傳說，乃先民對自然現象之幻想。然幻想是科學技術之母，神話往往是科學思維之萌芽。以是〈天問〉所保存之神話傳說，乃多成研究古代科學之資料。如劉堯民〈古代日蝕傳說和《楚辭‧天問》中「白蜺嬰茀」八句的關係〉〔註226〕、鄭文光〈從我國古代神話探索天文學的起源〉〔註227〕、劉信芳〈「四方之門」與「西北辟啓」新解〉〔註228〕、蔡哲茂〈中國最早的北極光記錄——燭龍〉〔註229〕等，皆取〈天問〉為資。其二，提出具有進步意義之科學見解。如「遂古之初」，至「何本何化」三章，乃中國最早之宇宙演化論。又如「圜則九重」以下四章對蓋天說之質疑，乃開渾天說之先河。其三，影響啓發後代之科學論著。如揚雄〈難蓋天八事〉之主渾天，蓋有受〈天問〉之啓發也。〔註230〕再如陽瑪諾之《天問略》雖學說與〈天問〉異，但其所問之事與行文方式可見〈天問〉之影響。

〔註223〕參見游國恩〈屈原作品分論〉（收入《作家與作品叢書》之《屈原》）。
〔註224〕參見第四章第一節伍之七、「科學思想」。
〔註225〕參見胡念貽《楚辭選注及考證》，頁 112。
〔註226〕載《文學遺產增刊》十輯，1962 年 7 月。
〔註227〕載《歷史研究》1976 年四期。
〔註228〕載《四川師範大學學報》1987 年一期。
〔註229〕載《中央日報》80 年 3 月 7 日「長河」。
〔註230〕揚雄〈難蓋天八事〉見《隋書‧天文志》。

〔註231〕準此以觀，〈天問〉於自然科學亦有貢獻，宜乎劉文英以爲屈子在當時可以稱爲科學家。〔註232〕

〈天問〉因受壁畫觸發而作，故其描述特具「具象性」、「造型性」與「直觀性」。〔註233〕以是對後世之繪畫頗有影響。又因其內容之宏富，所問又多神話傳說、歷史故事，更提供豐富之繪畫素材。其於繪畫之貢獻，可舉四事以證之：其一，湖南長沙馬王堆漢墓出土之《帛畫》與〈天問〉關係密切。雖漢帛畫可能受楚畫之影響，但亦可能得自〈天問〉啓發。如畫上有人身蛇尾圖，蓋〈天問〉之「女媧有體」也。再如「白蜺蟾蜍月牙之下正繪月御孅阿服駕應龍或嫦娥奔月之狀，復與〈天問〉呼應若響。」又如海洋部分，裸體之巨人海神禺彊，立於鮫魚上，雙手托一象徵大地之石板，兩隻背負鴟鴞之鼇龜以前爪觸地。此豈非「鼇戴山抃」、「鴟龜曳銜」之表象。〔註234〕其二，東漢王延壽〈魯靈光殿賦〉「圖畫天地，品類群生。……惡以誡世，善以示後」一段，宛如〈天問〉壁畫之複製。如其所述，確爲壁畫實景，則顯然受〈天問〉影響。其三，蜀滇之古代壁畫，多以古史資料爲題材，且亦多有存鑒戒之作用，而諸葛亮爲夷作圖譜，先畫天地日月。蓋亦可見〈天問〉之影響。〔註235〕其四，明蕭雲從繪〈天問〉圖五十四幅，如「日月三合九重八柱十二分圖」、「女歧九子」、「伯強」、「角宿曜靈」……等。〔註236〕準此以觀，〈天問〉於繪畫確有不可忽視之價值。又據姜亮夫〈楚辭書目五種補逸〉之著錄，有琴曲楚辭譜〈騷首問天〉。〔註237〕然則〈天問〉於音樂亦有其貢獻也。

〔註231〕陽瑪諾《天問略》收入《藝海珠塵》叢書。

〔註232〕參見劉文英〈天問的科學思想初探〉（《社會科學戰線》1980 年二期）。

〔註233〕參見蕭兵〈屈原天問與古代繪畫〉（收入遼寧省首次楚辭研究學術討論會專輯《楚辭研究》）。

〔註234〕同註233。

〔註235〕參見饒宗頤〈《楚辭》與古西南夷之故事畫〉（收入《選堂集林》）。

〔註236〕收入《離騷圖》。

〔註237〕見姜亮夫《楚辭學論文集》，頁502。

　　總結上文之論述，可知〈天問〉因其體製之別裁獨創、內容之宏
博繁富，乃使後世無數之文學家、史學家、哲學家、科學家、藝術家，
或自不同方面對其展開深入研究，或爲創作論述而取之以爲素材。其
衣被不止爲詞人，其影響非僅於一代。然則縱令其文學價值誠不如〈離
騷〉、〈九歌〉，但以其兼具文學、史學、哲學、科學以及藝術之價值，
實可譽爲第一等奇文字，乃爲前無古人，後啓來者之獨一無二之偉大
傑作。

結　論

　　〈天問〉之作，雖僅千五百餘言，又止爲《楚辭》中一篇，但因其形式之別裁眾作、獨創一格，內容之囊括宇宙、總覽人物，使其既爲文學作品，又類史學著作，亦似哲學論著，乃成中國文學史上絕無僅有、獨一無二之「問題詩」。如是之奇詩，不唯問題繁多，且性質又與《楚辭》眾作大異，以是唯有將之自《楚辭》中抽離，透過專篇深入之探討，全面系統之研析，方能明其特質，知其價值，並解決異說紛紜之諸多問題。職是之故，本文之作也，或羅列眾說，詳加考辨論議；或上考文物載籍，探其何能有作，或下涉後人著作，究其流衍與價值。而尤著意者，則在藉縝密之分析、深入之探討，以明其特質所在。

　　通過「有關〈天問〉諸問題」之探索，一則於前人仁智互見、爭議不定之諸多問題，或可得一較合理之論定；再則亦爲後文論述之根據。考〈天問〉所以有作者、寫作時地、呵壁等問題，多起於王逸之〈天問前序〉。然前序雖爲諸多問題滋生之根源，但因王逸去屈子之世較近，又與屈子同土，既得見先儒遺說，又與聞鄉老傳言，故其說或有因輾轉流傳而產生訛變，然至少較後人之說爲有據。以是舊說有不可輕廢者，但從舊說，而要在爲之彌縫補闕；若舊說或可商榷者，則必詳爲論證。就作者問題言：以爲〈天問〉非屈子所作，並無顯證，

而作者爲屈子則有有利證據。然前序所以既言屈子所作，又云楚人共論述，蓋以〈天問〉雖爲屈子創作，其所以流傳，則楚人之共論述也。就寫作時地問題言：結合屈子身世、前序之言，與作品反映之史實、情感，及佐以楚地考古資料，〈天問〉當是屈子於懷王朝流放漢北，經都都時所作，時間約在懷王十六、七年至頃襄王三年間。就呵壁問題言：〈天問〉非題壁之詞。所謂「呵壁」，僅指「仰見圖畫，呵而問之」。蓋睹畫興感，受壁畫觸發，而有〈天問〉之作也，壁畫乃〈天問〉創作之外在媒介。若〈天問〉與壁畫之關係，則可自〈天問〉文中尋得內證。就文義不次與錯簡問題言：〈天問〉之文義不次，或以錯簡之故，但亦不排除轉述傳抄時之倒置、脫漏。然〈天問〉之不次，固因錯簡所致，亦有因呵壁而起。呵壁導致之不次，或受壁畫制約，乃屈子創作之時已然；錯簡造成之失序，則流傳過程中產生。再者，〈天問〉之文義不次，亦有本事失傳、文義不明，後人誤讀而造成者，此就作品本身言，則非不次也。又，諸家於錯簡之整理，歧異頗大，然因文獻不足，何者爲是，尚難論定。但如屈復之「校正」，蘇雪林之「正簡」則不可從。就題義問題言：自古代語法與戰國載籍命篇習慣考之，「天問」者，問天也。而「問」、「天」二字皆具多義性，屈子以是名篇，則其巧思也。蓋「天」統萬物，既可指自然現象之天體，亦可賅人事禍福之天道；而「問」則既有有疑而問，亦有設問難之之義也。就篇次問題言：〈天問〉篇次如何，其實並不影響其內容與價值。但舊本之列第四，可見其輯入《楚辭》在〈九辯〉、〈九歌〉後。今本之次，則可定其爲屈子所作也。若晁補之以下，於〈天問〉篇次之移易，皆一家之說也。

　　體製怪特，內容繁富之〈天問〉，所以必產於戰國楚地，必出自屈子之手者，蓋有其內因外緣也。就時代因素言：戰國之世，南北文化之融合已趨完成，新舊思潮之交替正急遽進行，而政治之動盪，社會之變遷，更促成百家爭鳴，諸子競起，不僅縱橫談辯之風盛，自然科學亦有一定發展。以是多元開放之學術環境，宏偉奇麗之戰國文

化，於焉形成，乃爲〈天問〉之創作營造最恰當之時勢。就地理因素言：楚爲大國，又立於蠻夷華夏間，其特殊之地理位置，優越之自然條件，與夫異於中原各國之歷史背景，使其文明雖高度發展而巫風仍盛。又以人才多、典藏富，不僅道家思想發軔於此，儒家、陰陽家思想於此亦有開展，加以天文學之發達，藝術之精進，乃能締造絢爛璀璨之楚文化，而爲〈天問〉之創作提供最佳美之土壤。就作者因素言：屈子既出身貴族，而又屢遇困躓；既得意仕途，而又迭遭斥放；既有熱烈之感情，又有冷靜之理智；既有儒家之入世精神，而卻不能與世周流；既爲詩人，又是政治家；既具才情，又有學力；諸多看似矛盾，而又能相激相盪、相反相成之因素組合，乃化爲創作之原動力。就文學因素言：既有詩三百篇之前導，又有南方民歌之育成；既採擷中原之歷史故事，又多取資楚地之神話傳說；既總結南北詩歌之創作經驗，又有取於諸子散文、史傳散文。蓋〈天問〉之爲韻散之結晶，南北歌詩之綜合體，正是時代、地理、作者、文學四因素之交互影響也。此〈天問〉所以創作之大背景也。

　　然內容、形式皆與其他文學作品迥異之〈天問〉，其怪特之體製、繁富之內涵，又何自來？此雖無法有確切答案，但參考創作背景，透過實際作品之比對，或可探其可能之淵源。就謀篇言：其以問謀篇，或受遠古民族創世史詩與先秦散文連續設問之行文方式交互影響。若以日字領起全文，則遠宗《尙書》，近法楚帛書一類楚地民俗宗教性著作，而或亦乞靈於民間之占辭祝語。至於單篇直陳、篇幅擴大，則受遠古民族創世史詩、《詩經》中具史詩性質之詩篇，以及諸子散文之舖張揚厲影響。就造句言：主要承襲自詩三百篇，其次則民歌謠諺與歷史著作。至於畫贊題銘、卜辭祝語，於〈天問〉之四言句式，或有制約作用。至於〈天問〉造句之得於諸子散文者，則在取其神耳。就遣詞言，與〈天問〉關係最密切者，亦爲《詩經》。若諸子散文則於〈天問〉疑問詞之多變，虛詞之入詩，或有陶染之功。就押韻言：〈天問〉之押韻方式，多見於詩三百篇，可見二者關係之密切。若民

歌謠諺、諸子散文中之韻文，其押韻方式亦有同於〈天問〉者。然則就形式言，與〈天問〉關係最密切者爲《詩經》。然端賴《詩經》亦無法產生如〈天問〉之體製，蓋尚有賴楚地流傳之少數民族創世史詩，及其他民歌謠諺、諸子散文、歷史著作之育成，而或亦有得自楚地民俗宗教作品之啓示，與畫贊題銘、占辭祝語之制約。至於〈天問〉內容之淵源，就取材言：有關自然諸問，可能淵源自神話傳說與《尚書》、《逸周書》等歷史著作，及少數民族史詩，與夫莊子、惠施及稷下學士之學說。若人事諸問，可能之淵源，則爲詩三百篇、歷史著作、神話傳說、民歌謠諺與諸子散文。就思想言：其宇宙觀多與諸子之學相涉，其天道觀乃《詩經》、《尚書》之進一步發展，而又受戰國諸子學之激盪。若其政治思想，則多承《尚書》、《論語》，而與《孟子》關係尤其密切。至於懷疑思想則或受《詩經》變風、變雅之詩，與楚國歷史著作之啓示，亦有賴戰國諸子察辯問難之激發。然則〈天問〉之內容與《詩經》、《尚書》及楚國歷史著作頗有關係。而戰國諸子之騰說論議、察辯問難，不僅激發屈子於諸多自然現象、人事百態作理性思維，於〈天問〉之思想亦頗有影響。要而言之，〈天問〉之形式蓋別裁眾體，兼攝諸作；其內容亦博採眾說，多所取資，淵源非一也。

　　〈天問〉雖取資多方而有作，然屈子以其陶鑄鎔裁之妙筆，匠心獨運之慧識，乃能創造此天壤間奇文。而如斯奇文，其特質要在怪特體製與繁富內容之巧妙結合。透過深入之探討，可知其宏博繁富之內容，乃由六因素形成：其一，複雜之創作動機：〈天問〉之作，就客觀因素言，乃受壁畫觸發；就主觀意識言，則既爲抒憤，又爲究理，而諷諫之意尤篤。其二，多義性之主題：〈天問〉以歷史興亡之鑒戒爲正主題，故以天命爲不可信、國之興亡要在人事，與美政之道在君聖臣賢等子題表現之。若其副主題則在窮究宇宙自然之理。蓋問人事而推至人所居之大自然；究興歷史興亡，而上溯至人類起源、宇宙起源。其三，包羅萬象之內涵：其屬自然現象者，涉及宇宙起源、天地開闢、晝夜區分，與天文、地理有關問題，及反映人與自然競爭之平

治洪水大事。其屬人事社會者，要以夏商周之歷史傳說爲主，而上推至生民初始，女媧造人，下則迄於春秋戰國之世與楚國之現實。蓋上自天文，下至地理，中及人事，均統攝於一篇。其四，不同之提問性質：全文皆問之〈天問〉，又以不同之提問性質以表現作品之意蘊。其問既有「有疑而問」，亦有「明知故問」。「有疑而問」，又可分「問所不知」與「問所不信」兩類。問所不知，蓋問所不知而欲求解答者，屬探討性發問，多在探索自然之奧秘，表現追求新知、窮究眞理之精神。問所不信，則就人、事、物之可疑者提問，乃懷疑性詰問，其問非爲求解，而在質疑、批判。至於「明知故問」，亦可分「問所不平」與「故意設問」二類。問所不平，乃就人事、天道之不平而問，多爲憤激之譴責性質問；故意設問，則有因贊賞感嘆而問者，則啓發性之提問；而更多則爲有意戒荒淫而問者，則亦譴責性質問也。其五，蘊含豐富之思想：〈天問〉雖僅百七十餘問，但卻能反映屈子之宇宙觀、天道觀、歷史觀、政治觀、認識論、懷疑思想、科學思想、愛國思想等。就宇宙觀言：涉及元氣說之宇宙發生論，又開啓渾天說之先河。就天道觀言；既懷疑至上神、懷疑君權天授，更以福善禍淫之天道觀爲不然。又以天命爲不常，表現重人事、輕天命之進步思想。就歷史觀言：闡明「有道而興，無道則喪」之歷史規律；暗示國之興亡，要在民心向背與賢能之任棄。又多以歷史經驗爲教訓，表明其美政理想。更致疑信史化之歷史，有反傳統之精神。其政治觀則要在：以民爲本、舉賢授能、修明法度。而注重參驗之認識論，立足於現實之懷疑思想，以及科學思想之萌芽，愛國思想之體現等，皆可知其蘊含思想之豐富也。其六，活用多端之素材：其運用之素材，包括歷史材料、神話故事、自然現象、諸子學說，而其選材、運材則皆據表現主題思想之需要而去取。然則創作動機之不單純，主題之多義性，包羅萬象之內涵，提問性質之殊異，蘊含思想之博深，素材運用之多端，乃使〈天問〉成爲內容最充實之詩篇，更使其不僅爲文學作品，亦類哲學、史學之著作。再者，透過縝密之分析，可知其別裁獨創之體製，蓋以

六端表現之;其一,就篇局言,〈天問〉不僅於段落結構有其異彩,其以曰字領起全文,連發百七十餘問,且只問不答之謀篇方式最爲獨特。而其單篇直陳,篇幅擴大之體製,則其所以能「苞括宇宙,總覽人物」之主因也。其二,就章式言,雖以四四與四四句之結合爲多,但又以不同之章式二十一種穿插於其中,又巧妙運用疑問詞與句型之配合,乃使章法組織變化多端。其三,就造句言,〈天問〉之造句與《楚辭》他篇大異。雖以四言句爲基調,然於四言中雜以三、五、六、七言句,其句式於整齊中有變化。又運用疑問詞數量與位置之更動,虛詞之不同,特殊之造句方式,乃使句法靈活生動、變化多端,乃使主於以四字爲句,四句爲章之板滯格調,而能問得參差歷落、奇矯活突,而成《詩經》後四言詩之創格。其四、就遣詞言,疑問詞之大量使用,虛詞之靈活運用,指稱詞之使用異於他篇,以及多以特殊語彙入詩,乃使其遣詞樸拙簡潔,準確精鍊,雖無華彩,但卻詞嚴義密。其五,就聲律言,〈天問〉雖無「兮」字,但以疑問詞之神明變化,虛詞之靈活運用,造成句型多式,句法多變;再加以句型之排比變換,句子之長短變化之相配合,乃使其節奏傾向於自整齊中求錯落。其韻律,則以「二進」之協韻方式爲主,而配以押韻方式之多樣,轉韻換韻之多式頻繁,與夫使用韻部之變化,乃使詩之韻律於統一中自有豐富多姿、變化不居之致。其六,就運用修辭格言:〈天問〉以設問、用事、對比、借代、轉化、譬喻、雙關等調整其表意方式;又用倒裝、排比、重現、對偶、層遞等修辭格設計其形式,蓋積極多方運用各種表現手法,乃能使其極文章之變態。然如是別創一格、獨樹異幟之體製與包羅萬象、宏博繁富之內容相結合,不僅使其成爲「第一等奇文字」,更使其成爲既是文學作品,亦類哲學論著,又像歷史著作之奇詩偉構。

　　〈天問〉雖被視爲屈賦中文學價值最低者,但於後代文學仍有深遠影響。據個人所知前人提及之後代擬〈天問〉之作,計有十六家十八篇。傅玄〈擬天問〉、方孝孺〈雜問〉、酈琥〈天問二十四首〉、黃

道周〈續天問〉、李雯〈天問〉，自命篇、內容、形式言，皆與〈天問〉關係密切。柳宗元〈天對〉、王廷相〈答天問〉、陳雅言〈天對〉則答釋〈天問〉之作，蓋賴〈天問〉始能有作也。黃道周〈謇騷〉引申〈天問〉語，亦緣〈天問〉而有作也。顏之推〈稽聖賦〉、劉賡《稽瑞》，雖體製、內容與〈天問〉有異，但模擬〈天問〉痕跡極其顯明。郭璞《山海經圖贊》、江淹〈遂古篇〉、顏之推〈歸心篇〉性質雖與〈天問〉不同，但亦可見〈天問〉之影響。楊炯〈渾天賦〉、劉禹錫〈問大鈞賦〉、彭兆蓀〈廣問大鈞賦〉則變為賦體，作法雖異，但部分內容、文句亦有擬於〈天問〉。然則自晉迄清，皆有摹擬〈天問〉之作，且其中不乏著名文學家，則其於文學之影響，亦不可忽視。再者，僅就個人不經意且極有限之翻檢詩詞文集，已可見〈天問〉與後代各體文學皆有關係。辭賦與〈天問〉關係最密切。辭賦篇幅之擴大、問句之運用、以四言為主體之句式與用典遣詞等皆有得自〈天問〉者。而「賦家之心，苞括宇宙，總覽人物」，其內容得自〈天問〉者亦多，尤以取材之影響更大。再者，後代詩歌之體製、命意、題材、遣詞、風格亦有乞靈於〈天問〉者，若李白、李賀則陶染於〈天問〉者尤多。〈天問〉與詞、曲之關係，雖不若詩之密切，但詞之體製、題材、遣詞亦有襲自〈天問〉者，而南宋愛國詞人所得尤多，稼軒居士可為代表。至於〈天問〉與曲之關係，則在：以屈子問天事為戲曲素材，及〈天問〉之內容、形式亦影響部分戲曲、散曲。又，〈天問〉以內容宏富之故，對散文之影響較騷、歌為甚。《荀子》、《淮南子》、《史記》、《論衡》、《列子》皆可見〈天問〉之影響，而劉禹錫、柳宗元之文亦有承自〈天問〉者。至於〈天問〉與小說之關係，主要有三：以屈子呵壁問天事為屈原故事之情節，取〈天問〉本事為志怪小說之素材，以〈天問〉本事為歷史小說之素材。除古典文學外，〈天問〉之影響更及於現代文學。準此，〈天問〉不僅與各體文學相涉，且影響力更是自漢迄清。然則〈天問〉不僅屢為後代文人仿擬，且自漢迄今之各體文學亦多受其影響。其衣被文人，非止一代，裁成詞章，非僅一體矣。

就〈天問〉對後代文學之影響，即可知胡適所謂〈天問〉全無文學價值說之不可信。以是研探〈天問〉之價值，首辨前人於其文學價值之兩極看法。蓋據一般藝術常規觀之，〈天問〉之韻致，確較騷、歌遜色，但〈天問〉既為創格之奇詩，理應據其自身創造之藝術風貌審視之。若然，則〈天問〉有其特具之文學價值，要而言之有六：其一，別創一格之體製，不僅使其成為第一等奇文字，更開後世之「問句體」。其二，宏博繁富之內容，促成漢賦之形成，且多為後代文人取資。其三，奇詭雄渾之風格，促成漢賦之巨偉，亦影響後世文風。其四，奇氣縱橫之問難術、意在問中與理在事中之表現方式、豐富奇特之想像、神話傳說之活用、筆調變換極盡其致等特出之藝術手法，於後代文學更具啟發意義。其五，〈天問〉為神話傳說之總匯，既保存古代民間文學材料，本身又為神話研究之重要資源，更影響後代之文學創作。其六，就「〈天問〉對後代文學之影響」所論，可知〈天問〉為後代文學之淵藪。然則〈天問〉之文學價值縱不如騷、歌，亦不宜輕忽之。又況〈天問〉因其性質之殊異，除文學價值外，更有史學、哲學之價值，且於自然科學、音樂美術亦略有影響。就史學價值言：〈天問〉保存珍貴豐富之古史材料，且多有僅存於世之第一手資料，不僅可補古史之闕，亦可正古史之誤。且因其保存之豐碩資料，乃能提供古史研究資源，拓展古史研究領域。而〈天問〉既有豐富珍貴史料，又反映屈子之歷史觀，故亦影響後代之史學著作。尤應重視者，輓近與史學相關之邊緣學科如人類學、民俗學、考古學等更多有取資〈天問〉為研究材料者。然則較之《楚辭》他篇，其所具之史學價值，尤應重視。就哲學價值言：〈天問〉所問多涉及哲學範疇，故較之於其他文學作品，其所具之哲學價值應予發揚。要而言之，〈天問〉之哲學價值有六。其一，保存先秦哲學文獻：〈天問〉有今可見先秦論天最完整之資料及探討人類認識史之重要資料。〈天問〉更為研究屈子與先秦思想之珍貴材料。其二，開展哲學研究課題：如宇宙之發生、宇宙之結構、天命之有無、天人之分合等。其三、影響後代

哲學論著：如荀子〈天論〉，《淮南子》多數篇章，《論衡》之〈談天〉、
〈說日〉，《列子》之〈湯問〉、〈天瑞〉，及柳宗元、劉禹錫、王夫之
等人之哲學著作。其四，激起哲人答注之作：如柳宗元〈天對〉、王
廷相〈答天問〉，與朱熹《楚辭集注》、王夫之《楚辭通釋》之〈天問〉
注文。其五，發揚懷疑批判精神。其六，啓迪後人思考探索。然則〈天
問〉之哲學價值大矣！至於〈天問〉於自然科學之貢獻有三：提供先
秦科學史之重要資料，提出具有進步意義之科學見解，影響啓發後代
之科學著作。再者，〈天問〉亦提供後世繪畫、音樂之素材。準此可
知，〈天問〉因其獨創體製與宏富內容之巧妙結合，使其兼具文學、
史學、哲學、科學等價值。其衣被不止詞人，其影響非僅一代，然則
譽之爲前無古人，後啓來者之偉大傑作，不亦可乎！

　　以上乃自有關諸問題、創作之因緣、淵源、內容與形式、對後代
文學之影響、價值六端，透過專篇深入、全面系統研究〈天問〉所得
結論。然向以難解著稱之〈天問〉，自史遷口論道之，即多所不逮，
雖歷經兩漢之章句訓詁，魏晉至唐之記異聞、談音義，宋元之補注、
說理，明季之立意闡幽，有清之考據精審，以迄於輓近更有出土文物
之資，新學科、新方法之佐，卻仍有甚多難題無法論定解決。加以〈天
問〉體製之怪特，涉及範圍之宏博，更提供無限寬廣之研究空間。且
隨地下文物之相繼出土，新學科、新方法之不斷出現，〈天問〉之研
究更可能隨時有突破性發展。然則，尚待吾人努力者蓋多矣！舉其犖
犖大者言之，要有四事：其一，文字之校勘：此工作雖前人多有從事
者，但諸家雖各是己說，迄今卻仍未有爲世人公認之定本。今人既有
出土文物之資，又可得新學、新法之助，若再有深厚之古文字、古文
法學之基礎，則可比勘諸說，校對各本文字之異同。其二，本事、文
義之探索考定：〈天問〉本事頗有異說紛紜者，如「阻窮西征」、「湯
謀易旅」、「吳獲迄古」……等；而今人提出諸多之新解，如蕭兵《楚
辭新探》有〈天問〉新解二十七則，龔維英有〈天問「一蛇吞象」新
解〉、〈天問「中共共牧」節臆釋〉等，蓋皆有待探索考定。其三，相

關作品之比較研究：如〈天問〉與其他屈作之比較，〈天問〉與先秦
論天諸作之比較，〈天問〉與後代擬作之比較，〈天問〉與少數民族史
詩之比較，〈天問〉與域外文哲著作之比較等。其四，重要課題之深
入探討：如有關宇宙起源、宇宙結構、天人之關係等，皆可作自先秦
以迄近日之縱向深入探討。凡此皆有待繼續研探者。

附表一：〈天問〉各家錯簡整理表

原文　　諸家姓名	1.曰遂古之初，誰傳道之？	2.上下未形，何由考之？	3.冥昭瞢闇，誰能極之？	4.馮翼惟像，何以識之？	5.明明闇闇，惟時何為？	6.陰陽三合，何本何化？	7.圜則九重，孰營度之？	8.惟茲何功，孰初作之？	9.斡維焉繫，天極焉加？	10.八柱何當？東南何虧？	11.九天之際，安放安屬？	12.隅隈多有，誰知其數？
夏大霖												
屈　復												
胡文英												
聞一多												
唐　蘭												
林庚(1)												
林庚(2)												
郭沫若												
游國恩												
蘇雪林												
臺靜農										11	13	┄┄
孫作雲												
譚介甫												
龔維英												
郭世謙												
藍海文												
湯炳正												
路百占												
徐泉聲												
陳　形							35	36	7			┄┄
高秋鳳												

原文　　諸家姓名	13. 天何所沓？十二焉分？	14. 日月安屬？列星安敶？	15. 出自湯谷，次于蒙汜。	16. 自明及晦，所行幾里？	17. 夜光何德，死則又育？	18. 厥利維何，而顧菟在腹？	19. 女歧無合，夫焉取九子？	20. 伯強何處？惠氣安在？	21. 何闔而晦？何開而明？	22. 角宿未旦，曜靈安藏？	23. 不任汩鴻，師何以尚之？	24. 僉曰何憂，何不課而行之？
夏大霖												
屈　復					19	20	51	52				
胡文英												
聞一多												
唐　蘭												
林庚(1)												
林庚(2)												
郭沫若											51	------
游國恩												
蘇雪林											71	------
臺靜農	------		→	18	21	22	37	31	19	20	63	
孫作雲											29	
譚介甫					19				------	→ 24	69	
龔維英										24	25	
郭世謙											61	
藍海文					19	20	29	30	17	18	53	
湯炳正												
路百占											47	
徐泉聲					21	22	49	50	19	20	57	
陳　彤	------			→	16	44	33		17	18	69	
高秋鳳												

原文 ＼ 諸家姓名	25. 鴟龜曳銜，鮌何聽焉？	26. 順欲成功，帝何刑焉？	27. 永遏在羽山，夫何三年不施？	28. 伯禹腹鮌，夫何以變化？	29. 纂就前緒，遂成考功。	30. 何續初繼業，而厥謀不同？	31. 洪泉極深，何以窴之？	32. 地方九則，何以墳之？	33. 應龍何畫？河海何歷？	34.	35. 鮌何所營？禹何所成？	36. 康回憑怒，墜何故以東南傾？
夏大霖												
屈　復										×		
胡文英												
聞一多												
唐　蘭							43					
林庚（1）									34	×		
林庚（2）										×		
郭沫若	→	54	59	―――				→	65	×(*01)	69	70
游國恩												
蘇雪林			→	76	81	82	23					
臺靜農									→	×	74	12
孫作雲			→	34	39							
譚介甫					→	76	29			×		
龔維英												
郭世謙	→	64	69	―――				→		×	76	56(*08)
藍海文	→	56	61	―――				→	67	×	73	
湯炳正												
路百占								→		58	45	46
徐泉聲			→	62	67			→	71	×	75	76
陳　彤	→	72	77	79	―――					×(*10)	→	88
高秋鳳												

原文　諸家姓名	37.九州安錯，川谷何洿？	38.東流不溢，孰知其故？	39.東西南北，其脩孰多？	40.南北順橢，其衍幾何？	41.崑崙縣圃，其凥安在？	42.增城九重，其高幾里？	43.四方之門，其誰從焉？	44.西北辟啟，何氣通焉？	45.日安不到？燭龍何照？	46.羲和之未揚，若華何光？	47.何所冬暖？何所夏寒？	48.焉有石林？何獸能言？
夏大霖												
屈　復									17	18	45	→
胡文英												
聞一多												
唐　蘭												
林庚(1)												
林庚(2)												
郭沫若	27										→	38
游國恩												
蘇雪林												→
臺靜農	40						→	47	27	23	29	54
孫作雲							→	54	57			
譚介甫							→	41	17	18	42	
龔維英							→	46	22	23		
郭世謙	23											→
藍海文			→	78	21				→	26	33	34
湯炳正												
路百占	23											
徐泉聲	23						→	30	17	18	31	32
陳　彤	25						→	32	19	20	34	37
高秋鳳												

原文　諸家姓名	49.焉有虯龍，負熊以遊？	50.	51.雄虺九首，儵忽焉在？	52.何所不死？長人何守？	53.靡蓱九衢，枲華安居？	54.一蛇吞象，厥大何如？	55.黑水玄趾，三危安在？	56.延年不死，壽何所止？	57.鯪魚何所，鬿堆焉處？	58.羿焉彃日？烏焉解羽？	59.禹之力獻功，降省下土方。	60.焉得彼嵞山女，而通之于台桑？
夏大霖												
屈　復	47	×	49	50					65	66	79	
胡文英												
聞一多												
唐　蘭												
林庚(1)	33	×										
林庚(2)	34	×										
郭沫若	66	×	39	──────→						46	71	
游國恩												
蘇雪林	41	47	42	48	──→	50	43	44	59	60	83	
臺靜農	55	×	53	30	56	52	48	49	51	26	79	
孫作雲	──────→					66	55	56	67	68	77	
譚介甫	───	×	──────→							52	77	
龔維英												
郭世謙	35	38	36	37	39	──────→				44	77	
藍海文	68	×	79	80	41	42	35	36	39	40	69	
湯炳正												
路百占	──────→									44		
徐泉聲	72(*09)	×	33	──────→						40	77	
陳　彤	78	×	38	56	55	39	57	58	40	43	89	
高秋鳳												

原文　諸家姓名	61.閔妃匹合，厥身是繼。	62.胡為嗜不同味，而快鼂飽？	63.啟代益作后，卒然離蠥。	64.何啟惟憂，而能拘是達？	65.皆歸躰嬪，而無害厥躬。	66.何后益作革，而禹播降？	67.啟棘賓商，九辯九歌。	68.何勤子屠母，而死分竟地？	69.帝降夷羿，革孽夏民。	70.胡躰夫河伯，而妻彼雒嬪？	71.馮珧利決，封豨是躰。	72.何獻蒸肉之膏，而后帝不若？
夏大霖									81			
屈　復						86	89	90	95			
胡文英												
聞一多												
唐　蘭												
林庚(1)												
林庚(2)												
郭沫若												
游國恩												
蘇雪林		86	91	92	89	90	87	88	93			
臺靜農												
孫作雲												
譚介甫												
龔維英												
郭世謙												
藍海文		72	81					86	45	46	43	44
湯炳正												
路百占												
徐泉聲												
陳　彤		92	95									
高秋鳳												

原文／諸家姓名	73.浞娶純狐，眩妻爰謀。	74.何羿之躲革，而交吞揆之。	75.阻窮西征，巖何越焉？	76.化為黃熊，巫何活焉？	77.咸播秬黍，莆藿是營。	78.何由并投，而鮌疾脩盈？	79.白蜺嬰茀，胡為此堂？	80.安得夫良藥，不能固臧？	81.天式從橫，陽離爰死。	82.大鳥何鳴？夫焉喪厥體？	83.蓱號起雨，何以興之？	84.撰體脅鹿，何以膺之？
夏大霖	→	86	69	70								
屈　復	→	100	109	110	87	88	57					
胡文英												
聞一多												
唐　蘭		86	31									
林庚(1)												
林庚(2)												
郭沫若	→	86	55	→		58	87		→	90	23	
游國恩												
蘇雪林	→	98	77	→		80	63		→	66	55	56
臺靜農	→	94					24	25	10	50	32	33
孫作雲	→	92	35	→		38	23				→	28
譚介甫				→		96	176		→	179	25	
龔維英												
郭世謙	→	92	65	→		68	45					
藍海文	87	88	57	→		60	47	48	89	90	27	28
湯炳正												
路百占												
徐泉聲	→	92	63	→		66	41					
陳　彤	→	106	75	76	73	74	59	60	51	52	21	
高秋鳳												

原文＼諸家姓名	85.黿鼉山抃，何以安之？	86.釋舟陵行，何以遷之？	87.惟澆在戶，何求于嫂？	88.何少康逐犬，而顛隕厥首？	89.女岐縫裳，而館同爰止。	90.何顛易厥首，而親以逢殆？	91.湯謀易旅，何以厚之？	92.覆舟斟尋，何道取之？	93.桀伐蒙山，何所得焉？	94.妹嬉何肆？湯何殛焉？	95.舜閔在家，父何以鰥？	96.堯不姚告，二女何親？
夏大霖	→	80										
屈復	→	64	101						→	108	71	72
胡文英							92	91				
聞一多												
唐蘭	→	42										
林庚(1)												
林庚(2)									103	104	97	98
郭沫若	→	26	91						→	98	105	106
游國恩												
蘇雪林	51	52	99		→	102	123		→	126	67	68
臺靜農	28	182	95						→	102	59	60
孫作雲	93								→	102	73	74
譚介甫	→	28	101	102	99	100	97	98	115	116	65	66
龔維英							93					
郭世謙	→	52	93						→	100	57	58
藍海文	31	32	91		→				→	98	49	50
湯炳正												
路百占												
徐泉聲	→	48	93						→	100	53	54
陳彤	→	24	107	→	109	111	124	110	131	132	63	64
高秋鳳										99	--------	

原文 / 諸家姓名	97.厥萌在初，何所意焉？	98.璜臺十成，誰所極焉？	99.登立為帝，孰道尚之？	100.女媧有體，孰制匠之？	101.舜服厥弟，終然為害。	102.何肆犬豕，而厥身不危敗。	103.吳獲迄古，南嶽是止。	104.孰期去斯，得兩男子？	105.緣鵠飾玉，后帝是饗。	106.何承謀夏桀，終以滅喪？	107.帝乃降觀，下逢伊摯。	108.何條放致罰，而黎服大說。
夏大霖												
屈復	67	-----	→	70	73	74	167	168	119	-----	→	122
胡文英												
聞一多												
唐蘭												
林庚(1)							105	-----	→			
林庚(2)	93	-----	→	96	99	-----	→	102				
郭沫若	129	130	47	48	107	108	177	178	99	-----	→	
游國恩												
蘇雪林	53	54	45	46	69	70	141	142	121	122	127	128
臺靜農	34	135	35	36	61	62	183	184	103	104	107	108
孫作雲	69	-----	→	72	75	76	173	174	103			
譚介甫	53	-----	→	56	67	68	139	140	125	126	123	124
龔維英												
郭世謙	129	130	53	54	59	60	169	170	121	-----	→	124
藍海文	123	124	37	38	51	52	175	176	99			
湯炳正												
路百占												
徐泉聲	127	128	51	52	55	56	161	162	119	-----	→	122
陳彤	141	142	42	41	65	66	177	178	112	113	129	130
高秋鳳	-----					→| 106	169	170	95	-----	→| 98

諸家姓名 \ 原文	109. 簡狄在臺，嚳何宜？	110. 玄鳥致貽，女何喜？	111. 該秉季德，厥父是臧。	112. 胡終弊于有扈，牧夫牛羊？	113. 干協時舞，何以懷之？	114. 平脅曼膚，何以肥之？	115. 有扈牧豎，云何而逢？	116. 擊床先出，其命何從？	117. 恆秉季德，焉得夫朴牛？	118. 何往營班祿，不但還來？	119. 昏微遵跡，有狄不寧。	120. 何繁鳥萃棘，負子肆情？
夏大霖												
屈　復	111	112	91	92	75	76	93	94	113	114	133	134
胡文英												
聞一多												
唐　蘭												
林庚(1)	─────										────▶	122
林庚(2)												
郭沫若	──▶	104			49	50	113	─────			────▶	118
游國恩												
蘇雪林	183	184	105 (*02)	106	57	58	109	110	107	108	111	
臺靜農	105	106	117									
孫作雲	─────											
譚介甫	61	62	103									
龔維英												
郭世謙	101											
藍海文												
湯炳正												
路百占												
徐泉聲	165	166	101	─────								
陳　彤	45	46	114	115	93	94	116	─────			────▶	121
高秋鳳	107											

原文／諸家姓名	121.眩弟並淫，危害厥兄。	122.何變化以作詐，而後嗣逢長？	123.成湯東巡，有莘爰極。	124.何乞彼小臣，而吉妃是得？	125.水濱之木，得彼小子。	126.夫何惡之，媵有莘之婦？	127.湯出重泉，夫何辠尤？	128.不勝心伐帝，夫誰使挑之？	129.會鼂爭盟，何踐吾期？	130.蒼鳥群飛，孰使萃之？	131.列擊紂躬，叔旦不嘉。	132.何親揆發，定周之命以咨嗟？
夏大霖												
屈　復	77	78	115	⸺→		118	123	124	149			
胡文英												
聞一多												
唐　蘭												
林庚（1）	103	104							131			
林庚（2）									131			
郭沫若	109	110	119				→	124	135			
游國恩												
蘇雪林	→	114	119	120	117	118	115(*03)	132(*04)	147	148	151	
臺靜農	→	128	109				→	114	152			155
孫作雲								126	151			
譚介甫	→	114	119	→		122	117	118	145	146	151	
龔維英												
郭世謙							→	120	151			
藍海文							→	122	151			
湯炳正												
路百占												
徐泉聲							→	118	143			
陳　彤	67	68	125	⸺→		128	122	123	159	160	163	164
高秋鳳							→	126	151			

原文／諸家姓名	133.授殷天下，其位安施？	134.反成乃亡，其罪伊何？	135.爭遣伐器，何以行之？	136.並驅擊翼，何以將之？	137.昭后成遊，南土爰底。	138.厥利惟何，逢彼白雉。	139.穆王巧梅，夫何周流？	140.環理天下，夫何索求？	141.妖夫曳衒，何號于市？	142.周幽誰誅？焉得夫褒姒？	143.天命反側，何罰何佑？	144.齊桓九合，卒然身殺。
夏大霖												
屈復	→	→	→	156	159	160	157	158	161	162	173	174
胡文英												
聞一多												
唐蘭												
林庚（1）	→	→	→	138	163						→	170
林庚（2）	→	→	→	138	163						→	170
郭沫若	→	→	→	142	161						→	168
游國恩												
蘇雪林	→	154	149	150	157（*05）						→	164
臺靜農	158	159	156	157	162					→	168	171
孫作雲											→	166
譚介甫	→	→	→	156	161		→	164	167	168	187	188
龔維英												
郭世謙											→	166
藍海文	→	156	159	160	163						→	170
湯炳正												
路百占												
徐泉聲										→	156	158	157
陳彤	135	136	161	162	165					→	170	173	174
高秋鳳											→	166

原文／諸家姓名	145.彼王紂之躬，孰使亂惑？	146.何惡輔弼，讒諂是服？	147.比干何逆，而抑沈之？	148.雷開何順，而賜封之？	149.何聖人之一德，卒其異方？	150.梅伯受醢，箕子詳狂。	151.稷維元子，帝何竺之？	152.投之于冰上，鳥何燠之？	153.何馮弓挾矢，殊能將之？	154.既驚帝切激，何逢長之？	155.伯昌號衰，秉鞭作牧。	156.何令徹彼岐社，命有殷國？
夏大霖												
屈　復	129	───→		132	127	128	135	136	141	142	139	140
胡文英												
聞一多												
唐　蘭												
林庚(1)	139											
林庚(2)	139											
郭沫若	127	128	131	───→		134	143					
游國恩												
蘇雪林	133	──────→						140	61	62	143	144
臺靜農	129	───→				134	140					
孫作雲	131	──────→									→	142
譚介甫	129	───→				134	57	───→		60	141	142
龔維英												
郭世謙	131											
藍海文	125	───→				130	137					
湯炳正												
路百占												
徐泉聲	129	──────→									→	140
陳　彤	137	───→		140	144	143	47	───→		50	147	
高秋鳳	131	───→				136	137					

原文　諸家姓名	157. 遷藏就岐，何能依？	158. 殷有惑婦，何所譏？	159. 受賜茲醢，西伯上告。	160. 何親就上帝，罰殷之命以不救？	161. 師望在肆，昌何識？	162. 鼓刀揚聲，后何喜？	163. 武發殺殷，何所悒？	164. 載尸集戰，何所急？	165. 伯林雉經，維其何故？	166. 何感天抑墜，夫誰畏懼？	167. 皇天集命，惟何戒之？	168. 受禮天下，又使至代之。
夏大霖												
屈　復	137	138	143	┄	┄	┄	→	148	179	180	163	164
胡文英												
聞一多												
唐　蘭												
林庚(1)	┄	┄	┄	┄	┄	┄	┄	┄	┄	┄	→	162
林庚(2)	┄	┄	┄	┄	┄	┄	┄	┄	┄	┄	→	162
郭沫若	┄	┄	┄	┄	┄	┄	┄	┄	┄	┄	→	160
游國恩												
蘇雪林	187	188	145	146	189	┄	→	192	165	166	173	174
臺靜農	┄	┄	┄	→	151	160	161	169	170	136	137	
孫作雲	145	146	143	144	147	┄	→	150	167	168	127	
譚介甫	137	138	135	136	143	144	147	148	157	┄	→	160
龔維英												
郭世謙	┄	┄	┄	┄	┄	┄	→	150	167	168	125	
藍海文	┄	┄	┄	┄	┄	┄	→	150	161	162	131	
湯炳正												
路百占												
徐泉聲	167	168	141	142	169	┄	→	172	159	160	123	
陳　彤	→	150	145	146	151	┄	┄	┄	┄	┄	→	158
高秋鳳	┄	┄	┄	┄	┄	┄	→	150	167	168	127	

原文 / 諸家姓名	169. 初湯臣摯，後茲承輔。	170. 何卒官湯，尊食宗緒？	171. 勳闔夢生，少離散亡。	172. 何壯武厲，能流厥嚴？	173. 彭鏗斟雉，帝何饗？	174. 受壽永多，夫何長？	175. 中央共牧，后何怒？	176. 蠢蛾微命，力何固？	177. 驚女采薇，鹿何祐？	178. 北至回水，萃何喜？	179. 兄有噬犬，弟何欲？	180. 易之以百兩，卒無祿。
夏大霖												
屈復	125	126	169	→	→	172	165	166	175	→	→	178
胡文英												
聞一多												
唐蘭												
林庚(1)	129	130										
林庚(2)	129	130										
郭沫若	125	126	179	180	169	→	→	→	→	→	→	176
游國恩												
蘇雪林	129	130	167	168	185	186	175	176	178	177	181	182
臺靜農	115	116	172	173	38	39	57	58	138	139	180	181
孫作雲	→	130	175	176	179							
譚介甫	127	128	172	173	63	64	165	166	149	150	180	
龔維英									→	180	91	92
郭世謙	→	128										
藍海文	→	134	177	178	135	136	171	172	157	158	173	174
湯炳正												
路百占												
徐泉聲	→	126	163	164	173							
陳彤	133	134	179	180	61	62	171	172	53	54	175	176
高秋鳳	→	130										

原文／諸家姓名	181. 薄暮雷電，歸何憂？	182. 厥嚴不奉，帝何求？	183. 伏匿穴處，爰何云？	184. 荊勳作師，夫何長？	185. 悟過改更，我又何言？	186. 吳光爭國，久余是勝。	187. 何環閭穿社，以及丘陵。	188. 是淫是蕩，爰出子文。	189. 吾告堵敖，以不長。	190. 何試上自予，忠名彌彰。		
夏大霖												
屈　復												
胡文英												
聞一多				189	184	190	185	———	——→	188		
唐　蘭												
林庚(1)												
林庚(2)												
郭沫若	187	188	181	189	190	182	———	———	——→	186		
游國恩	187	——→	189	181	190	182	———	———	——→	186		
蘇雪林	179	180	197	193 (*07)	198	169 (*06)	171	172	195	196		
臺靜農	185	186	187	174	188	175	———	———	——→	179		
孫作雲		——→	189	177	190	178	169	———	——→	172		
譚介甫					——→	186	174	175	169	170	171	
龔維英												
郭世謙												
藍海文	187	188	179	———	———	———	———	———	——→	186		
湯炳正		187	183	———	———	——→	186	188				
路百占												
徐泉聲	———	———	———	———	———	———	———	———	——→	190		
陳　彤	183	——→	185	187	188	181	182	186	189	190		
高秋鳳												

*01：郭氏以爲「焉有虬龍，負熊以遊」當在「應龍何畫，河海何歷」下，故無六六、六七條。

*02：蘇氏以爲商代之始有四句脫簡，乃述商祖契之事，故無一○三、一○四條。

*03：蘇氏以爲「湯出重泉，夫何辠尤」下有二句脫簡，故無一一六條。

*04：蘇氏以爲「不勝心伐帝，夫誰使挑之」上有二句脫簡，故無一三一條。

*05：蘇氏以爲〈天問〉述伊尹有五簡，而周公則僅於「列擊紂躬」中聯帶提及其名，而未以特筆描寫，輕重未免失當，乃補一簡，即一五五、一五六兩條。

*06：蘇氏以爲「吳光爭國，久余是勝」下缺二句，故無一七〇條。

*07：蘇氏以爲「荊勳作師夫何長」下脫一句，故無一九四條。

*08：郭氏以爲「康回憑怒，墜何故以東南傾」上有脫簡二句，故無五五條。

*09：徐氏以爲「焉有虬龍」二句，當在「應龍何畫」二句下，故無七三、七四條。

*10：陳氏以爲無脫簡，故無八五、八六條。

附表二：〈天問〉各家篇次表

書名＼篇次	一	二	三	四	五	六	七	八	九	十	
章句舊次（*01）	離騷	九辯	九歌	天問	九章	遠遊	卜居	漁父	招隱士	招魂	……（*02）
章句今次	離騷	九歌	天問	九章	遠遊	卜居	漁父	九辯	招魂	大招	……
重編楚辭	離騷	遠遊	九章	九歌	天問	卜居	漁父	大招	九辯	招魂	……
楚辭聽直	離騷	遠遊	天問	九歌	卜居	漁父	九章	大招	招魂		
楚辭疏	離騷	九章	遠遊	天問	九歌	卜居	漁父	九辯	招魂	大招	
楚辭箋註	離騷	天問	九歌	九章	遠遊	卜居	漁父	九辯	招魂	大招	
楚辭約註	離騷	遠遊	九歌	天問	漁父	卜居	九章	大招	招魂		
屈子章句（*03）	離騷	九歌	卜居	天問	招魂	哀郢	懷沙				
屈辭精義	離騷	天問	招魂	大招	九章	九歌	遠遊	卜居	漁父		

*01：《章句》舊次即據《釋文》之次，〈招魂〉後列漢人作品，〈大招〉爲第十六篇，在〈九思〉前。

*02：「……」表以下尚錄漢人作品。

*03：劉夢鵬《屈子章句》所謂「哀郢九章」即含：〈哀郢〉、〈抽思〉、〈橘頌〉、〈思美人〉、〈悲回風〉、〈涉江〉、〈惜往日〉、〈惜誦〉、〈遠遊〉九篇。又，其〈懷沙〉又含〈漁父〉。

附表三：〈天問〉內容大要表

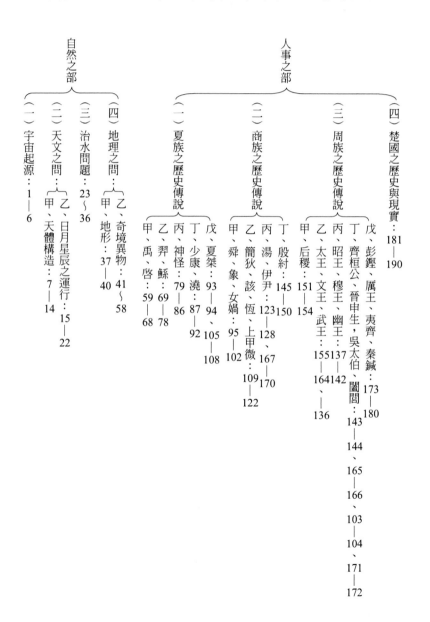

附表四：〈天問〉提問性質分析表

原　文 ＼ 諸家姓名	姜亮夫	德　育	李金錫	高秋鳳	問　序
1. 曰遂古之初，誰傳道之？		問所不信	探討	問所不信	（1）
2. 上下未形，何由考之？		問所不信	探討	問所不信	（2）
3. 冥昭瞢闇，誰能極之？		問所不信	探討	問所不信	（3）
4. 馮翼惟像，何以識之？		問所不信	探討	問所不信	（4）
5. 明明闇闇，惟時何爲？			探討	問所不知	（5）
6. 陰陽三合，何本何化？			探討	問所不知	（6）（7）
7. 圜則九重，孰營度之？	疑其事理	問所不信	懷疑	問所不信	（8）
8. 惟茲何功，孰初作之？（*01）		問所不信	懷疑	問所不信	（9）
9. 斡維焉繫，天極焉加？		問所不信	懷疑	問所不信	（10）（11）
10. 八柱何當？東南何虧？		問所不信	懷疑	問所不信	（12）（13）
11. 九天之際，安放安屬？			懷疑	問所不信	（14）（15）
12. 隅隈多有，誰知其數？	疑其事理		懷疑	問所不信	（16）
13. 天何所沓？十二焉分？	疑其事理		探討	問所不知	（17）（18）
14. 日月安屬？列星安陳？		問所不知	探討	問所不知	（19）（20）
15. 出自湯谷，次于蒙汜。					
16. 自明及晦，所行幾里？		問所不知	探討	問所不知	（21）
17. 夜光何德，死則又育？			諷刺	問所不知	（22）
18. 厥利維何，而顧菟在腹？			諷刺	問所不信	（23）
19. 女歧無合，夫焉取九子？	疑其事理	問所不信	懷疑	問所不信	（24）

20. 伯強何處？惠氣安在？			懷疑	問所不信	(25)(26)
21. 何闔而晦？何開而明？		問所不知	懷疑	問所不知	(27)(28)
22. 角宿未旦，曜靈安藏？		問所不知	啟發	問所不知	(29)
23. 不任汨鴻，師何以尚之？		問所不平	啟發	問所不平（譴責）	(30)
24. 僉曰何憂，何不課而行之？（*02）		問所不平	譴責		
25. 鴟龜曳銜，鯀何聽焉？	疑其事理		懷疑	問所不信	(31)
26. 順欲成功，帝何刑焉？	疑其事理	問所不平	譴責	問所不平（譴責）	(32)
27. 永遏在羽山，夫何三年不施？			懷疑	問所不信	(33)
28. 伯禹腹鯀，夫何以變化？	疑其事理		懷疑	問所不信	(34)
29. 纂就前緒，遂成考功。					
30. 何續初繼業，而厥謀不同？			啟發	故意設問（啟發）	(35)
31. 洪泉極深，何以窴之？			啟發	故意設問（啟發）	(36)
32. 地方九則，何以墳之？			啟發	故意設問（啟發）	(37)
33. 應龍何畫？河海何歷？			懷疑	問所不信	(38)(39)
34.					
35. 鯀何所營？禹何所成？		問所不平	啟發	問所不平（啟發）	(40)(41)
36. 康回憑怒，墜何故以東南傾？			懷疑	問所不信	(42)
37. 九州安錯，川谷何洿？	疑其事理 問所不知	問所不知	探討	問所不知	(43)(44)
38. 東流不溢，孰知其故？	疑其事理 問所不知	問所不知	探討	問所不知	(45)
39. 東西南北，其脩孰多？		問所不知	探討	問所不知	(46)
40. 南北順橢，其衍幾何？		問所不知	探討	問所不知	(47)
41. 崑崙縣圃，其尻安在？	疑其事理 問所不知		懷疑否定	問所不信	(48)
42. 增城九重，其高幾里？	疑其事理 問所不知		懷疑否定	問所不信	(49)
43. 四方之門，其誰從焉？	疑其事理		懷疑否定	問所不信	(50)
44. 西北辟啟，何氣通焉？	疑其事理		懷疑否定	問所不信	(51)
45. 日安不到？燭龍何照？			否定	問所不信	(52)(53)
46. 羲和之未揚，若華何光？			否定	問所不信	(54)
47. 何所多暖？何所夏寒？			探討	問所不知	(55)(56)

48. 焉有石林？何獸能言？	問所不知		懷疑	問所不知	（57）（58）
49. 焉有虯龍，負熊以遊？			懷疑	問所不信	（59）
50.					
51. 雄虺九首，儵忽焉在？			懷疑	問所不信	（60）
52. 何所不死？長人何守？		問所不信	懷疑	問所不信	（61）（62）
53. 靡蓱九衢，枲華安居？			懷疑	問所不信	（63）
54. 一蛇吞象，厥大何如？	疑其事理	問所不信	懷疑	問所不信	（64）
55. 黑水玄趾，三危安在？		問所不信	懷疑	問所不信	（65）
56. 延年不死，壽何所止？		問所不信	懷疑	問所不信	（66）
57. 鯪魚何所，鬿堆焉處？		問所不信	懷疑	問所不信	（67）（68）
58. 羿焉彃日？烏焉解羽？		問所不信	懷疑	問所不信	（69）（70）
59. 禹之力獻功，降省下土方。					
60. 焉得彼嵞山女，而通之于台桑？			譴責	故意設問（譴責）	（71）
61. 閔妃匹合，厥身是繼。					
62. 胡爲嗜不同味，而快量飽？			譴責	故意設問（譴責）	（72）
63. 啓代益作后，卒然離蠥。					
64. 何啓惟憂，而能拘是達？			譴責	故意設問（譴責）	（73）
65. 皆歸躲鞠，而無害厥躬。					
66. 何后益作革，而禹播降？			譴責	問所不平（譴責）	（74）
67. 啓棘賓商，九辯九歌。					
68. 何勤子屠母，而死分竟地？			譴責	故意設問（譴責）	（75）
69. 帝降夷羿，革孽夏民。					
70. 胡躲夫河伯，而妻彼雒嬪？		問所不平	譴責	故意設問（譴責）	（76）
71. 馮珧利決，封豨是躲。					
72. 何獻蒸肉之膏，而后帝不若？			譴責	故意設問（譴責）	（77）
73. 浞娶純狐，眩妻爰謀。					
74. 何羿之躲革，而交吞揆之。			譴責	故意設問（譴責）	（78）
75. 阻窮西征，巖何越焉？			懷疑	問所不信	（79）
76. 化爲黃熊，巫何活焉？			懷疑	問所不信	（80）
77. 咸播秬黍，莆雚是營。					

78. 何由并投，而鮌疾脩盈？			譴責	問所不平（譴責）	（81）
79. 白蜺嬰茀，胡爲此堂？	贊賞感歎		懷疑	問所不信	（82）
80. 安得夫良藥，不能固臧？	贊賞感歎		懷疑	問所不信	（83）
81. 天式從橫，陽離爰死。					
82. 大鳥何鳴？夫焉喪厥體？			懷疑	問所不信	（84）（85）
83. 蓱號起雨，何以興之？		問所不信	懷疑	問所不信	（86）
84. 撰體脅鹿，何以膺之？		問所不信	懷疑	問所不信	（87）
85. 鼇戴山抃，何以安之？			懷疑	問所不信	（88）
86. 釋舟陵行，何以遷之？			懷疑	問所不信	（89）
87. 惟澆在戶，何求于嫂？	解說		譴責	故意設問（譴責）	（90）
88. 何少康逐犬，而顛隕厥首？	解說		啓發	故意設問（啓發）	（91）
89. 女岐縫裳，而館同爰止。					
90. 何顛易厥首，而親以逢殆？	解說		啓發	故意設問（譴責）	（92）
91. 湯謀易旅，何以厚之？			啓發	故意設問（啓發）	（93）
92. 覆舟斟尋，何道取之？			啓發	故意設問（啓發）	（94）
93. 桀伐蒙山，何所得焉？		問所不平	譴責	故意設問（譴責）	（95）
94. 妹嬉何肆？湯何殛焉？		問所不平	譴責	故意設問（譴責）	（96）（97）
95. 舜閔在家，父何以鱞？			譴責	故意設問（譴責）	（98）
96. 堯不姚告，二女何親？			啓發	故意設問（啓發）	（99）
97. 厥萌在初，何所意焉？			感歎	故意設問（啓發）	（100）
98. 璜臺十成，誰所極焉？			感歎	故意設問（啓發）	（101）
99. 登立爲帝，孰道尙之？			懷疑否定	問所不信	（102）
100. 女媧有體，孰制匠之？			懷疑否定	問所不信	（103）
101. 舜服厥弟，終然爲害。					
102. 何肆犬豕，而厥身不危敗。		問所不平	譴責	問所不平（譴責）	（104）
103. 吳獲迄古，南嶽是止。					
104. 孰期去斯，得兩男子？			啓發	故意設問（啓發）	（105）
105. 緣鵠飾玉，后帝是饗。					

106. 何承謀夏桀，終以滅喪？	贊賞感歎		啓發	故意設問（啓發）	（106）
107. 帝乃降觀，下逢伊摯。					
108. 何條放致罰，而黎服大說。	贊賞感歎		啓發	故意設問（啓發）	（107）
109. 簡狄在臺，嚳何宜？	贊賞感歎	問所不信	啓發	問所不信	（108）
110. 玄鳥致貽，女何喜？	贊賞感歎	問所不信	啓發	問所不信	（109）
111. 該秉季德，厥父是臧。					
112. 胡終弊于有扈，牧夫牛羊？	解說		懷疑	故意設問（譴責）	（110）
113. 干協時舞，何以懷之？	解說		啓發	故意設問（譴責）	（111）
114. 平脅曼膚，何以肥之？	解說		啓發	故意設問（譴責）	（112）
115. 有扈牧豎，云何而逢？			啓發	故意設問（譴責）	（113）
116. 擊床先出，其命何從？			啓發	故意設問（譴責）	（114）
117. 恆秉季德，焉得夫朴牛？			啓發	故意設問（啓發）	（115）
118. 何往營班祿，不但還來？			啓發	故意設問（啓發）	（116）
119. 昏微遵跡，有狄不寧。					
120. 何繁鳥萃棘，負子肆情？			啓發	故意設問（譴責）	（117）
121. 眩弟並淫，危害厥兄。					
122. 何變化以作詐，而後嗣逢長？			譴責	問所不平（譴責）	（118）
123. 成湯東巡，有莘爰極。					
124. 何乞彼小臣，而吉妃是得？			啓發	故意設問（啓發）	（119）
125. 水濱之木，得彼小子。					
126. 夫何惡之，媵有莘之婦？			譴責	故意設問（譴責）	（120）
127. 湯出重泉，夫何皐尤？			譴責	故意設問（啓發）	（121）
128. 不勝心伐帝，夫誰使挑之？			否定	故意設問（啓發）	（122）
129. 會鼂爭盟，何踐吾期？			啓發	故意設問（啓發）	（123）
130. 蒼鳥群飛，孰使萃之？			啓發	故意設問（啓發）	（124）
131. 列擊紂躬，叔旦不嘉。					

132. 何親揆發，定周之命以咨嗟？			啓發	故意設問 （譴責）	（125）
133. 授殷天下，其位安施？			探討	故意設問 （啓發）	（126）
134. 反成乃亡，其罪伊何？			探討	故意設問 （啓發）	（127）
135. 爭遣伐器，何以行之？			啓發	故意設問 （啓發）	（128）
136. 並驅擊翼，何以將之？			啓發	故意設問 （啓發）	（129）
137. 昭后成遊，南土爰底。					
138. 厥利惟何，逢彼白雉。			譴責	故意設問 （譴責）	（130）
139. 穆王巧梅，夫何周流？			譴責	故意設問 （譴責）	（131）
140. 環理天下，夫何索求？			譴責	故意設問 （譴責）	（132）
141. 妖夫曳衒，何號于市？			否定	故意設問 （啓發）	（133）
142. 周幽誰誅？焉得夫褒姒？			譴責	故意設問 （譴責）	（134）
143. 天命反側，何罰何佑？		問所不信	譴責	故意設問 （啓發）	（135） （136）
144. 齊桓九合，卒然身殺。					
145. 彼王紂之躬，孰使亂惑？	解說	問所不平	譴責	故意設問 （譴責）	（137）
146. 何惡輔弼，讒諂是服？	解說	問所不平	譴責	故意設問 （譴責）	（138）
147. 比干何逆，而抑沈之？		問所不平	譴責	問所不平 （譴責）	（139）
148. 雷開何順，而賜封之？（*03）		問所不平	譴責	問所不平 （譴責）	（140）
149. 何聖人之一德，卒其異方？		問所不平	啓發	問所不平 （譴責）	（141）
150. 梅伯受醢，箕子詳狂。					
151. 稷維元子，帝何竺之？		問所不信	譴責	問所不信	（142）
152. 投之于冰上，鳥何燠之？		問所不信	啓發	問所不信	（143）
153. 何馮弓挾矢，殊能將之？			啓發	問所不信	（144）
154. 既驚帝切激，何逢長之？			否定	問所不信	（145）
155. 伯昌号衰，秉鞭作牧。					
156. 何令徹彼岐社，命有殷國？			啓發懷疑 否定	故意設問 （啓發）	（146）
157. 遷藏就岐，何能依？			啓發懷疑 否定	故意設問 （啓發）	（147）

158. 殷有惑婦，何所譏？			懷疑否定	故意設問（譴責）	(148)
159. 受賜茲醢，西伯上告。					
160. 何親就上帝，罰殷之命以不救？			懷疑否定	問所不信	(149)
161. 師望在肆，昌何識？			啟發	故意設問（啟發）	(150)
162. 鼓刀揚聲，后何喜？			啟發	故意設問（啟發）	(151)
163. 武發殺殷，何所悒？	譴責		啟發	故意設問（譴責）	(152)
164. 載尸集戰，何所急？	譴責		啟發	故意設問（譴責）	(153)
165. 伯林雉經，維其何故？	譴責		啟發	故意設問（譴責）	(154)
166. 何感天抑墜，夫誰畏懼？（*04）	譴責		諷刺	故意設問（譴責）	(155)
167. 皇天集命，惟何戒之？		問所不信	譴責	故意設問（啟發）	(156)
168. 受禮天下，又使至代之。（*05）			譴責		
169. 初湯臣摯，後茲承輔。					
170. 何卒官湯，尊食宗緒？			啟發	故意設問（啟發）	(157)
171. 勳闔夢生，少離散亡。					
172. 何壯武屬，能流厥嚴？	贊賞感歎		啟發	故意設問（啟發）	(158)
173. 彭鏗斟雉，帝何饗？			懷疑	問所不信	(159)
174. 受壽永多，夫何長？			懷疑	問所不信	(160)
175. 中央共牧，后何怒？			譴責	故意設問（譴責）	(161)
176. 蠱蟯微命，力何固？			啟發	故意設問（啟發）	(162)
177. 驚女采薇，鹿何祐？	贊賞感歎		懷疑	故意設問（啟發）	(163)
178. 北至回水，萃何喜？	贊賞感歎		譴責	故意設問（啟發）	(164)
179. 兄有噬犬，弟何欲？			譴責	故意設問（譴責）	(165)
180. 易之以百兩，卒無祿。					
181. 薄暮雷電，歸何憂？	譴責	問所不平	慨歎	問所不平（譴責）	(166)
182. 厥嚴不奉，帝何求？	譴責	問所不平	慨歎	故意設問（譴責）	(167)

183. 伏匿穴處，爰何云？	譴責	問所不平	慨歎	故意設問（譴責）	（168）
184. 荊勳作師，夫何長？	譴責	問所不平	慨歎	故意設問（譴責）	（169）
185. 悟過改更，我又何言？	譴責		啓發	故意設問（啓發）	（170）
186. 吳光爭國，久余是勝。					
187. 何環閭穿社，以及丘陵。	贊賞感歎		啓發	故意設問（啓發）	（171）
188. 是淫是蕩，爰出子文。					
189. 吾告堵敖，以不長。					
190. 何試上自予，忠名彌彰。	贊賞感歎		啓發	故意設問（啓發）	（172）

*01：「惟茲何功，孰初作之？」汪仲弘云：「此何字與篇內諸何字異，諸何字皆詰詞，此矜詞也。」其說多爲諸家所從，故此二句爲一問。

*02：據王逸注「何憂，何不課而行之」，皆眾人之言。《纂義》則以眾人之言止於「何憂」，下句乃屈子怪問帝堯之辭。然本章乃櫽括《尚書‧堯典》語，據〈堯典〉岳曰：「异哉，試可，乃已。」則下句亦眾人之言，故不列爲問。

*03：「雷開何順而賜封之」，洪興祖《楚辭補注》作「雷開阿順而賜封之」，又曰：「一云：雷開何順而賜封金」，而《柳完元集‧天對》附〈天問〉作「雷開何順而賜封之」，朱熹《集注》亦是，今從柳集，故此句爲一問。

*04：「何感天抑墬，夫誰畏懼」，朱熹《集注》云：「一無何字」聞一多《楚辭校補‧天問》云：「當從一本刪何字。『誰』已是問詞，增何字則意複。王注曰：……審注意，似亦本無何字。」據此則本句僅一問。

*05：「受禮天下，又使至代之。」據王逸注則亦爲問句，然此無疑問詞，與全篇問例不同。游氏《纂義》以爲：「受禮二句，乃作慨歎語氣，以足上文之意。」以是本句非問句。

附表五：〈天問〉主錯簡說各家分段表

屈復《天問校正》

第一段	1～6（問渾沌之先、天地初開時）7～14（問天地既形之後）15、16、45、46（問日）17、18（問月）21、22（問晦明）問天文
第二段	23～36 問鯀禹治水之事
第三段	37～44、47 問地
第四段	48～52、19、20、53～56、76～86、57、58 問山川人物奇怪之類
第五段	97～100、95、96、101、102、113、114、121、122 問上古之事
第六段	59～66、77、78、67、68、111、112、115、116、69～74、87～94、75、76 問夏一代事
第七段	109、110、117、118、123～126、105～108、127、128、169、170、149、150、145～148、119、120 問商事
第八段	151、152、157、158、155、156、153、154、159～164、129～136、139、140、137、138、141、142、167、168 問周一代事
第九段	103、104、171、172（吳事）173、174、143、144、177～180、165、166、181～187、189、190 痛楚事

林庚〈天問注解的困難及其整理的線索〉

第一段	1～22 問天體事
第二段	23～32、49、33～44 問大地河山之初及洪水事
第三段	45～48、51～58 問大地之物、十日並出及射日事
第四段	59～102、121、122、103～104 問夏代之興亡，羿之成敗，順及楚與吳之民族來源
第五段	105～136、145～150 問殷商之興亡
第六段	151～170、137～144 問周室之興衰，及至五霸之初
第七段	171～180 問吳楚之爭以及秦人之起
第八段	181～190 專問楚國之事，而雜以感慨

郭沫若〈屈原天問的譯文〉

第一段	1～22 天文
第二段	83～86 介於天文、地理之間
第三段	37～58 地理
第四段	99、100、113、114、23～26、75～78、27～33、49、35、36、59～74、79～82、87～94、105～110、95、96、101、102、119、120、111、112、115～120、123～128、169、170、145、146、97、98、147～150、129～136、151～168、137～144、173～180、103、104、171、172、183、186～190、181、182、184、185 人事

蘇雪林《天問正簡》

第一段	1～22 天文
第二段	31～49、51、55、56 地理
第三段	99、100、□、52～54、85、86、97、98、83、84、113、114、57、58、153、154、79～82 神話（*01）
第四段	（一）95、96、101、102、23～28、75～78、29、30、59～62、67、68、65、66、63、64、69～74、87～90 夏代
第四段	（二）□、□、111、112、117、118、115、116、119～122、127、□、125、126、123、124、105、106、91～94、107、108、169、170、□、128、145～150 商代
第四段	（三）151、152、103、104、155、156、159、160、129、130、135、136、131～134、□、□、137～144、165、166、171、172、186、□、187、188、167、168 周代
第五段	175～178、181、182、179、180、109、110、173、174、157、158、161～164、184、□、189、190、183、185 亂辭

臺靜農《楚辭天問新箋》

第 一 段	1～9、81、10、36、11～16、21、22、17、18、46、79、80、58、45、85、47、52、20、83、84 宇宙創始及諸自然現象神話
第 二 段	97、99、100、19、173、174 神話人物
第 三 段	37～44、55、56 九州崑崙
第 四 段	82、57、54、51、48、49、53 靈物
第 五 段	175、176、95、96、101、102 黃帝堯舜事
第 六 段	23～33、35、75～78、59～62 鯀禹事
第 七 段	63～68 啓事
第 八 段	69～74 羿事
第 九 段	87～92 澆、少康事
第 十 段	93、94、105、106 桀與妹嬉事
第十一段	109、110、107、108、123～128、169、170 契、湯與伊尹事

第十二段	111～122 殷王季、該、恆、上甲微事
第十三段	145～150、98、167、168 紂事
第十四段	177、178 夷齊事
第十五段	151～154 稷事
第十六段	155～162、129～132、135、136、133、134、163、164 文王、武王事
第十七段	137～143 昭王、穆王、幽王事
第十八段	165、166、144、171、172、184、186、187、189、190、179、180 春秋時事
第十九段	85、103、104、181～183、186 史實無徵

鄭坦《屈賦甄微》

第一段	1、2（第一章，發端之問）3～12（第二章，問天地幽明之事）13～18（第三章，問二曜顯晦之理）21、22、45、46（第四章，以晝夜明暗之事設問）37～44（第五章，廣詰地理山川之形勢）
第二段	47～49、53、54、57、58、55、56（第六章，廣詰物變之理）81～86（第七章）52、109、110、151、152、19、20（第八章，泛以宇宙氣化之變爲問）
第三段	99、100、95、96、101、102（第九章，問及炎帝自立之後，略及三代之前）66、65、63、64、67、68、111～116、69、70、79、80、71～74、87～94（第十一章，泛以夏之益、啓，乃至於桀，歷代興革隆替之實例爲問）127、128、119、120、117、118、125、126、123、124、105～108、97、99、145、146、103、104、155～158、161、162、147～150、159、160、133、134（第十二章，問自成湯始，迄至紂王，總括殷商一代盛衰之大事）163、164、135、136、153、154、129～132、137～142、167、168（第十三章，繼殷問周之事）121、122、143、144、171、172（第十四章，四引三代之後，春秋列國失政之君，以刺懷襄王信讒也）
第四段	186、185、169、170、175～180、173、174、181～184、187～190（第十五章，言伊尹配享太廟。痛斥與秦聯姻之非。蓋直言懷王之不納忠言疏輔弼）

譚介甫《屈賦新編》

第一段	1～16、45、46、17～22 天文
第二段	83～86 天地間畸零文句
第三段	31～44、47～58 地理
第四段	97、98（原始群）99、100（母系氏族社會）151～154、109、110（父系氏族社會）、173、174、95、96、101、102、23～30、59～62（部落聯盟）、63～78、91、92、89、90、87、88（階級社會國王）、111～122（殷先公）、93、94、127、128、123、124、125、126、107、108、105、106、169、170（湯伐桀後創建奴隸制）、145～150、159、160（殷紂滅亡）、157、158、103、104、155、156、161、162（周先公先王）129、130、163、164、177、178、131～136、165～168（發滅紂前後）137～140（昭穆遊行）、175、176、141、142（厲、幽）188～190（楚成王）171、172、186、187（吳闔廬）以上人事
第五段	79～82 仙事
第六段	179～185 後先對比
第七段	143、144 亂辭

孫作雲《天問研究》

第一段	1～22、79～84 問天
第二段	23～28、75～78、29～44、55、56、45～54、57、58 問地
第三段	97～100 問人類開始
第四段	95、96、101、102 問舜事
第五段	59～74、85～94、105～108 問夏事
第六段	109～128、167～170、145～150 問商事
第七段	151～156、159、160、157、158、161～164、129～142 問西周事
第八段	143、144、165、166、187～190、103、104、171、172、184、186 問春秋事
第九段	173～180 雜問四事
第十段	181～183、185 結語

林庚《天問論箋》

第 一 段	1～22 問混沌初開、陰陽變化、天體形成、日月列星運行	天地間大自然之原始傳說
第 二 段	23～36、49 問鯀禹治水，拯救大地淪亡	
第 三 段	37～58 問大地從洪水中再現，幅員如何、何處通天、何處不死	
第 四 段	59～92 問夏王朝與后羿族之爭霸及興起而有天下	所問乃以三代興亡為中心，兼及五霸及春秋事
第 五 段	97～100、95、96、101～104 問天帝之始，因涉及帝舜及其支族傳說	
第 六 段	93、94、105～108 問夏桀失去天意而終滅亡	
第 七 段	109～128、169、170 問殷民族戰勝有易而興，至湯又得伊尹得天下	
第 八 段	129～136、145～150 問殷紂失民心乃為武王所滅	
第 九 段	151～168、137～142 問周族自后稷之興至殷紂、文王、武王始得天下，至周幽又滅	
第 十 段	143、144、171～174 問三代興亡後總結天命罰佑，並舉諸侯之成霸以過渡至秦楚	
第十一段	175～190 問諸侯中秦楚興國之艱難過程	

郭世謙〈天問錯簡試探〉

第一段	1～22 問天地形成及天象	問天地自然現象之古代傳說
第二段	37～58、79～86 問地理及四方奇怪之事	
第三段	99、100、□、36、95、96、101、102 問上古之事。自此段始問人事	
第四段	23～26、75～78、27～35 問鯀禹父子治水之事	
第五段	59～74、87～94 問夏代興衰	
第六段	109～128、105～108、167～170、97、98、146～150 問商史	
第七段	151～164、129～142 問周史	問周代興衰及春秋諸侯
第八段	143、144、165、166、103、104、171、172 問春秋事	
第九段	173～180（姑仍其舊，自成一段）	
第十段	181～190 全詩結語，猶他篇之亂辭，所問皆楚國事	

徐泉聲〈天問錯簡及其內容之探討〉

第一段	1～16、45、46、21、22、17、18 問天
第二段	37～44 問地
第三段	47、48、51～58、79～86 問天地間事
第四段	20、19、99、100 問人類之起源
第五段	95、96、101、102 問舜象之事
第六段	23～28、75～78、29～33、49、35、36（鯀禹治水）59～62（禹婚事）63～68（啓益之事）69～74（羿及寒浞事）、87～94（雜問夏及夏亡事）問鯀禹治水及夏之興亡。(*02)
第七段	111～122（問王該、王恆及上甲微事）123～128、105～108、167～170、97、98、145～150 問殷商之興亡
第八段	151～156、159、160、129～142 問周之興亡
第九段	143、144、165、166、103、104、171、172 雜問春秋事（*03）
第十段	109、110、157、158、161～164、173～190 雜問各事爲全篇總結

陳彤《先秦文學探新·〈天問〉章句和〈天問〉研究》

第 一 段	1～6、9～18、21、22、45、46 敘問天地開闢、日月運行之疑
第 二 段	83～86、37～44、20、47、7、8 敘問風雨氣象、地理天功之設
第 三 段	48、51、54、57、100、99、58、19、109、110、151～154、81、82、177、178 問天下奇事與人類起源問題
第 四 段	53、52、55、56、79、80、173、174、95、96、101、102、121、122 敘問人類壽數與有關唐堯、虞舜之事
第 五 段	23～26、77、78、75、76、27 述問夏鯀之功過問題
第 六 段	49、28～36、59～62 問大禹治水與娶女塗山事
第 七 段	113、114、63～74、87～89、92、90、105、106 就夏史中若干問題置問
第 八 段	111、112、115～120、127、128、91、123～126、107、108、93、94、169、170 就殷先人與商湯立祚之史實置問
第 九 段	133、134、145～148、97、98、150、149、159、160 就商紂之暴行反問殷室何以敗亡
第 十 段	155～158、161～168 就文王選賢、武王集戰之事發問
第十一段	129、130、135、136、131、132、137～142 簡括西周之史實而問
第十二段	175、176、143、144、179、180、103、104、171、172、186、187 用春秋之動亂以影射楚事
第十三段	181～183、188、184、185、189、190 興感抒情，借設問寓譴責、諷諫與自我喟嘆之意

高秋鳳

第一段	1～6 問宇宙起源	自然之部
第二段	7～22 問天文	
第三段	23～36 問鯀禹治水事	
第四段	37～58 問地理	
第五段	59～68（禹啓事）69～78（羿鯀事）79～86（神怪事）87～92（少康中興）93、94、105～108（夏桀之亡）問夏族之歷史傳說	人事之部
第六段	95～102（女媧、舜、象事）109～122（殷先祖妣、先王事）123～128、167～170（湯與伊尹事）145～150（殷紂之亡）問殷族之歷史傳說	
第七段	151～154（后稷事）155～164、129～136（太王、文王、武王事）137～142（昭、穆、幽事）143、144、165、166、103、104、171、172（齊晉吳事）173～180（彭鏗、屬王、夷齊、秦鍼事）問周族之歷史傳說	
第八段	181～190 問楚國之歷史與現實	

*01：凡作□記號者，表該處有脫簡。

*02：徐氏將 111～122 誤入夏事列入第六段，然於「內容探討」時又入第七段。

*03：143、144 兩條，徐氏於「錯簡表」列入第八段，然於表後說明則以至「焉得夫褒姒」為問周之興亡，蓋其意當以此二條為春秋事，然其「春秋時事」（即第九段）下又漏列。

附表六：〈天問〉各家分段表

句序 ＼ 姓名	黃文煥	李陳玉	錢澄之	林雲銘	徐煥龍	劉夢鵬	張惠言	陳本禮	胡濬源	馬其昶	劉永濟	張深鋐
1～6				(一)								
7～14		(一)	(一)	(二)	(一)	(一)	(一)	(一)	(一)	(一)	(一)	(一)
15～22												
23～35				(三)	(二)							(二)
36								(二)				
37　38	(一)											
39　40		(二)	(二)			(二)	(二)			(二)	(二)	
41～44				(四)	(三)							(三)
45　46								(三)				
47									(二)			
48～58										(三)		
59～68				(五)								
69～72					(四)			(四)				(四)
73　74											(三)	
75～78				(六)		(三)	(三)			(四)		
79～86					(五)			(五)				
87～90												
91　92												(五)
93　94								(六)				
95～98												
99　100				(七)		(四)						
101～104												
105～108							(四)			(五)	(四)	(六)
109　110	(二)								(三)			
111～120			(三)	(八)		(五)		(七)				
121　122		(三)										
123～126				(九)	(六)					(六)		
127　128												
129～134										(七)		(七)
135～142							(五)	(八)				
143　144											(五)	
145～150				(十)								
151～154						(六)				(八)		(八)
155～164							(六)					
165　166								(九)				
167　168									(四)			
169　170							(七)			(九)		(九)
171　172				(十一)							(六)	
173～180	(三)				(七)	(七)						
181　182			(四)		(八)	(八)	(八)	(十)		(十)		(十)
183～190												

句序＼姓名	何敬群	竹治貞夫	陳怡良	胡念貽	程嘉哲	黃壽祺	朱碧蓮	陸元熾	陳子展	張松如	高秋鳳	
1～6										(1)	(1)	
7～14	(一)	(一)	(一)	(一)	(1)	(1)	(一)	(一)	(一)	(2)	(2)	
15～22					(2)							
23～35					(3)			(二)		(3)	(3)	
36	(二)						(二)					
37 38			(二)		(一)	(一)				(一)	(一)	
39 40		(二)		(二)	(4)	(2)			(二)			
41～44								(三)		(4)	(4)	
45 46	(三)					(三)						
47			(三)		(5)							
48～58												
59～68												
69～72	(四)				(6)							
73 74					(二)	(1)		(四)		(1)		
75～78					(7)		(四)					
79～86	(五)											
87～90		(三)	(四)	(三)					(1)		(1)	
91 92												
93 94					(8)							
95～98	(六)											
99 100												
101～104												
105～108					(9)	(2)		(五)		(2)		
109 110					(三)		(五)					
111～120	(七)				(10)				(2)			
121 122						(二)			(三)	(二)	(二)	
123～126			(五)									
127 128		(四)			(11)						(2)	
129～134												
135～142					(12)				(3)			
143 144						(六)						
145～150				(四)	(13)			(六)				
151～154	(八)											
155～164						(3)				(3)		
165 166			(六)		(14)				(4)			
167 168		(五)			(四)						(3)	
169 170												
171 172					(15)	(七)	(七)					
173～180												
181 182			(七)		(五)	(4)		(八)	(四)	(4)	(4)	
183～190	(九)	(六)										

附表七：〈天問〉句型分析表

原　　文	章　次	句型	虛詞	特殊句式	劉氏歸納句式
曰					
1. 遂古之初，誰傳道之？	（一）	四四		之字型	下（1）
2. 上下未形，何由考之？		四四		之字型	下（2）
3. 冥昭瞢闇，誰能極之？	（二）	四四		之字型	下（1）
4. 馮翼惟像，何以識之？		四四		何以○之	下（2）
5. 明明闇闇，惟時何爲？	（三）	四四			下（3）
6. 陰陽三合，何本何化？		四四			下（4）
7. 圜則九重，孰營度之？	（四）	四四		之字型	下（1）
8. 惟茲何功，孰初作之？		四四		之字型	上（3）　下（1）
9. 斡維焉繫，天極焉加？	（五）	四四			上（5）　下（5）
10. 八柱何當？東南何虧？		四四			上（5）　下（5）
11. 九天之際，安放安屬？	（六）	四四			下（4）
12. 隅隈多有，誰知其數？		四四			下（6）
13. 天何所沓？十二焉分？	（七）	四四			上（7）　下（5）
14. 日月安屬？列星安陳？		四四			上（5）　下（5）
15. 出自湯谷，次于蒙汜。	（八）	四四			
16. 自明及晦，所行幾里？		四四			下（8）
17. 夜光何德，死則又育？	（九）	四四			上（5）
18. 厥利維何，而顧菟在腹？		四五	而		上（8）
19. 女歧無合，夫焉取九子？	（一○）	四五	夫		下（9）
20. 伯強何處？惠氣安在？		四四			上（5）　下（5）
21. 何闔而晦？何開而明？	（一一）	四四			上（10）　下（10）
22. 角宿未旦，曜靈安藏？		四四			下（5）

23. 不任汩鴻，師何以尚之？	(十二)	四五		何以○之	下（11）
24. 僉曰何憂，何不課而行之？（*01）		四六		之字型	
25. 鴟龜曳銜，鯀何聽焉？	(十三)	四四		焉字型	下（12）
26. 順欲成功，帝何刑焉？		四四		焉字型	下（12）
27. 永遏在羽山，夫何三年不施？	(十四)	五六	在夫		下（9）
28. 伯禹腹鯀，夫何以變化？		四五	夫		下（9）
29. 纂就前緒，遂成考功。	(十五)	四四			
30. 何續初繼業，而厥謀不同？		五五	而		（13）
31. 洪泉極深，何以寘之？	(十六)	四四		何以○之	下（2）
32. 地方九則，何以墳之？		四四		何以○之	下（2）
33. 應龍何畫？河海何歷？	(十七)	四四			上（5） 下（5）
34.					
35. 鯀何所營？禹何所成？	(十八)	四四			上（7） 下（7）
36. 康回憑怒，墬何故以東南傾？		四七			下（5）
37. 九州安錯，川谷何洿？	(十九)	四四			上（5） 下（5）
38. 東流不溢，孰知其故？		四四			下（6）
39. 東西南北，其脩孰多？	(二〇)	四四		其字型	下（8）
40. 南北順橢，其衍幾何？		四四		其字型	下（8）
41. 崑崙縣圃，其凥安在？	(二一)	四四		其字型	下（8）
42. 增城九重，其高幾里？		四四		其字型	下（8）
43. 四方之門，其誰從焉？	(二二)	四四		其字型 焉字型	下（16）
44. 西北辟啓，何氣通焉？		四四		焉字型	下（16）
45. 日安不到？燭龍何照？	(二三)	四四			上（7） 下（5）
46. 羲和之未揚，若華何光？		五四	之		下（5）
47. 何所冬暖？何所夏寒？	(二四)	四四			上（17） 下（17）
48. 焉有石林？何獸能言？（*02）		四四			上（18）
49. 焉有虬龍，負熊以遊？	(二五)	四四			上（18）
50.					
51. 雄虺九首，儵忽焉在？	(二六)	四四			下（5）
52. 何所不死？長人何守？		四四			上（17） 下（5）
53. 靡蓱九衢，枲華安居？	(二七)	四四			下（5）
54. 一蛇吞象，厥大何如？		四四			下（8）
55. 黑水玄趾，三危安在？	(二八)	四四			下（5）
56. 延年不死，壽何所止？		四四			下（7）
57. 鯪魚何所，魑堆焉處？	(二九)	四四			上（5） 下（5）
58. 羿焉彃日？烏焉解羽？		四四			上（20） 下（20）
59. 禹之力獻功，降省下土方。	(三〇)	五五	之		
60. 焉得彼嵞山女，而通之于台桑？		六六	而于		（13）

61. 閔妃匹合，厥身是繼。	（三一）	四四		是字型	
62. 胡爲嗜不同味，而快鼂飽？		六四			（13）
63. 啓代益作后，卒然離蠥。（*03）	（三二）	五四			下（23）
64. 何啓惟憂，而能拘是達？		四五	而	是字型	（13）
65. 皆歸躳竀，而無害厥躬。	（三三）	四五	而		
66. 何后益作革，而禹播降？		五四			（13）
67. 啓棘賓商，九辯九歌。	（三四）	四四			
68. 何勤子屠母，而死分竟地？		五五	而		（13）
69. 帝降夷羿，革孽夏民。	（三五）	四四			
70. 胡躳夫河伯，而妻彼雒嬪？		五五	夫而		（13）
71. 馮珧利決，封豨是躳。	（三六）	四四		是字型	
72. 何獻蒸肉之膏，而后帝不若？		六五	而		（13）
73. 浞娶純狐，眩妻爰謀。	（三七）	四四			
74. 何羿之躳革，而交吞揆之。		五五	之而		（13）
75. 阻窮西征，巖何越焉？	（三八）	四四		焉字型	下（12）
76. 化爲黃熊，巫何活焉？		四四		焉字型	下（12）
77. 咸播秬黍，莆雚是營。	（三九）	四四		是字型	
78. 何由并投，而鮌疾脩盈？		四五	而		（13）
79. 白蜺嬰茀，胡爲此堂？	（四〇）	四四			下（15）
80. 安得夫良藥，不能固臧？		五四	夫		（14）
81. 天式從橫，陽離爰死。	（四一）	四四			
82. 大鳥何鳴？夫焉喪厥體？		四五	夫		上（5）下（9）
83. 蓱號起雨，何以興之？	（四二）	四四		何以○之	下（2）
84. 撰體脅鹿，何以膺之？		四四		何以○之	下（2）
85. 鼇戴山抃，何以安之？	（四三）	四四		何以○之	下（2）
86. 釋舟陵行，何以遷之？		四四		何以○之	下（2）
87. 惟澆在戶，何求于嫂？	（四四）	四四			下（22）
88. 何少康逐犬，而顛隕厥首？		五五	而		（13）
89. 女岐縫裳，而館同爰止。	（四五）	四五	而		
90. 何顛易厥首，而親以逢殆？		五五	而		（13）
91. 湯謀易旅，何以厚之？	（四六）	四四		何以○之	下（2）
92. 覆舟斟尋，何道取之？		四四		之字型	下（2）
93. 桀伐蒙山，何所得焉？	（四七）	四四		焉字型	下（21）
94. 妹嬉何肆？湯何殛焉？		四四		焉字型	上（5）下（12）
95. 舜閔在家，父何以鱞？	（四八）	四四			下（11）
96. 堯不姚告，二女何親？		四四			下（5）
97. 厥萌在初，何所意焉？	（四九）	四四		焉字型	下（21）
98. 璜臺十成，誰所極焉？		四四		焉字型	下（21）

99. 登立爲帝，孰道尚之？	（五〇）	四四		之字型	下（1）
100. 女媧有體，孰制匠之？		四四		之字型	下（1）
101. 舜服厥弟，終然爲害。	（五一）	四四			下（23）
102. 何肆犬豕，而厥身不危敗。		四六	而		（13）
103. 吳獲迄古，南嶽是止。	（五二）	四四		是字型	
104. 孰期去斯，得兩男子？		四四			（14）
105. 緣鵠飾玉，后帝是饗。	（五三）	四四		是字型	
106. 何承謀夏桀，終以滅喪？		五四			（14）
107. 帝乃降觀，下逢伊摯。	（五四）	四四			
108. 何條放致罰，而黎服大說。		五五	而		（13）
109. 簡狄在臺，嚳何宜？	（五五）	四三			（25）
110. 玄鳥致貽，女何喜？		四三			（25）
111. 該秉季德，厥父是臧。	（五六）	四四		是字型	
112. 胡終弊于有扈，牧夫牛羊？		六四			（14）
113. 干協時舞，何以懷之？	（五七）	四四		何以○之	下（2）
114. 平脅曼膚，何以肥之？		四四		何以○之	下（2）
115. 有扈牧豎，云何而逢？	（五八）	四四			下（27）
116. 擊床先出，其命何從？		四四			下（8）
117. 恆秉季德，焉得夫朴牛？	（五九）	四五	夫		下（19）
118. 何往營班祿，不但還來？		五四			（14）
119. 昏微遵跡，有狄不寧。	（六〇）	四四			
120. 何繁鳥萃棘，負子肆情？		五四			（14）
121. 眩弟並淫，危害厥兄。	（六一）	四四			
122. 何變化以作詐，而後嗣逢長？		六五	以而		（13）
123. 成湯東巡，有莘爰極。	（六二）	四四			
124. 何乞彼小臣，而吉妃是得？		五五	而	是字型	（13）
125. 水濱之木，得彼小子。	（六三）	四四			
126. 夫何惡之，媵有莘之婦？		四五			上（9）
127. 湯出重泉，夫何皋尤？	（六四）	四四			下（9）
128. 不勝心伐帝，夫誰使挑之？		五五	夫		下（9）
129. 會鼂爭盟，何踐吾期？	（六五）	四四			下（15）
130. 蒼鳥群飛，孰使萃之？		四四			下（1）
131. 列擊紂躬，叔旦不嘉。	（六六）	四四			
132. 何親揆發，定周之命以咨嗟？（*04）		四七	之		（14）
133. 授殷天下，其位安施？	（六七）	四四			下（8）
134. 反成乃亡，其罪伊何？		四四			下（8）
135. 爭遣伐器，何以行之？	（六八）	四四		何以○之	下（2）
136. 並驅擊翼，何以將之？		四四		何以○之	下（2）

137. 昭后成遊，南土爰底。	（六九）	四四			
138. 厥利惟何，逢彼白雉。		四四			上（8）
139. 穆王巧梅，夫何周流？	（七〇）	四四			下（9）
140. 環理天下，夫何索求？		四四			下（9）
141. 妖夫曳衒，何號于市？	（七一）	四四			下(22)
142. 周幽誰誅？焉得夫襃姒？		四五	夫		下(19)
143. 天命反側，何罰何佑？	（七二）	四四			下（4）
144. 齊桓九合，卒然身殺。		四四			下(23)
145. 彼王紂之躬，孰使亂惑？	（七三）	五四			下(15)
146. 何惡輔弼，讒諂是服？		四四		是字型	（14）
147. 比干何逆，而抑沈之？	（七四）	四四		之字型	（24）
148. 雷開何順，而賜封之？		四四		之字型	（24）
149. 何聖人之一德，卒其異方？	（七五）	六四	之		（14）
150. 梅伯受醢，箕子詳狂。		四四			
151. 稷維元子，帝何竺之？	（七六）	四四		之字型	下(12)
152. 投之于冰上，鳥何燠之？		五四	于	之字型	下(12)
153. 何馮弓挾矢，殊能將之？	（七七）	五四		之字型	（14）
154. 既驚帝切激，何逢長之？		五四	既	之字型	下（1）
155. 伯昌号衰，秉鞭作牧。	（七八）	四四			
156. 何令徹彼岐社，命有殷國？		六四			（14）
157. 遷藏就岐，何能依？	（七九）	四三			（26）
158. 殷有惑婦，何所譏？		四三			（26）
159. 受賜茲醢，西伯上告。	（八〇）	四四			
160. 何親就上帝，罰殷之命以不救？		五七	之		（14）
161. 師望在肆，昌何識？	（八一）	四三			（25）
162. 鼓刀揚聲，后何喜？		四三			（25）
163. 武發殺殷，何所悒？	（八二）	四三			（26）
164. 載尸集戰，何所急？		四三			（26）
165. 伯林雉經，維其何故？	（八三）	四四			下（3）
166. 何感天抑墜，夫誰畏懼？（*05）		五四			下（9）
167. 皇天集命，惟何戒之？	（八四）	四四		之字型	下（9）
168. 受禮天下，又使至代之。		四五		之字型	
169. 初湯臣摯，後茲承輔。	（八五）	四四			
170. 何卒官湯，尊食宗緒？		四四			（14）
171. 勳闔夢生，少離散亡。	（八六）	四四			
172. 何壯武厲，能流厥嚴？		四四			（14）
173. 彭鏗斟雉，帝何饗？	（八七）	四三			（25）
174. 受壽永多，夫何長？		四三			（25）

175. 中央共牧，后何怒？	（八八）	四三		（25）
176. 蠱蛾微命，力何固？		四三		（25）
177. 驚女采薇，鹿何祐？	（八九）	四三		（25）
178. 北至回水，萃何喜？		四三		（25）
179. 兄有噬犬，弟何欲？	（九○）	四三		（25）
180. 易之以百兩，卒無祿。		五三		
181. 薄暮雷電，歸何憂？	（九一）	四三		（25）
182. 厥嚴不奉，帝何求？		四三		（25）
183. 伏匿穴處，爰何云？	（九二）	四三		（25）
184. 荊勳作師，夫何長？		四三		（25）
185. 悟過改更，我又何言？	（九三）	四四		（25）
186. 吳光爭國，久余是勝。		四四	是字型	
187. 何環閭穿社，以及丘陵。	（九四）	五四		（14）
188. 是淫是蕩，爰出子文。		四四		
189. 吾告堵敖，以不長。	（九五）	四三		
190. 何試上自予，忠名彌彰。		五四		（14）

*01：「僉曰何憂，何不課而行之」二問，述四岳對堯之詞，不列入。

*02：「何獸能言」句，劉氏漏列。

*03：劉氏以爲：「然」，同焉，何也。故又列入問句。

*04：「何親揆發，定周之命以咨嗟」劉氏以爲審文義或作「親揆撥正，何以咨嗟」（見〈天問通箋〉），故將下句列入第二式。然據原文則爲第十四式。

*05：「何感天抑墜」，劉氏從一本作「感天抑墜」，故上句不列入疑問句式。

附表八：〈天問〉疑問詞、指稱詞分析表

詞別 原文	疑問詞 上句	疑問詞 下句	指稱詞 疑問	指稱詞 三身	指稱詞 其他
1. 曰遂古之初，誰傳道之？		誰 代(起)	誰	之(三)(止)	
2. 上下未形，何由考之？		何由 代(△止)	何	之(三)(止)	
3. 冥昭瞢闇，誰能極之？		誰 代(起)	誰	之(三)(止)	
4. 馮翼惟像，何以識之？		何以 代(△止)	何	之(三)(止)	
5. 明明闇闇，惟時何為？		何 副詞			時(是)(近)(指示兼稱代)
6. 陰陽三合，何本何化？		何2 代(止)	何2		
7. 圜則九重，孰營度之？		孰 代(起)	孰	之(三)(止)	
8. 惟茲何功，孰初作之？	何 形容詞	孰 代(起)	孰	之(三)(止)	茲(近)(指示稱代)
9. 斡維焉繫，天極焉加？	焉 代(處補)	焉 代(處補)	焉2		
10. 八柱何當？東南何虧？	何 代(止)	何 副詞	何		
11. 九天之際，安放安屬？		安2 代(處補)	安2		
12. 隔限多有，誰知其數？		誰 代(起)	誰	其(三)(加)	
13. 天何所沓？十二焉分？	何所 代(謂語)	焉 副詞	何		
14. 日月安屬？列星安敶？	安 代(處補)	安 副詞	安2		
15. 出自湯谷，次于蒙汜。	安 代(處補)	安 代(處補)			所(代助)(主語)

詞別（原文）	疑問詞 上句（詞）	疑問詞 上句（詞性）	疑問詞 下句（詞）	疑問詞 下句（詞性）	指稱詞 疑問	指稱詞 三身	指稱詞 其他
16.自明及晦，所行幾里？			幾	形容詞			所（代助）（主語）
17.夜光何德，死則又育？	何	形容詞					
18.厥利維何，而顧菟在腹？	維何	代（謂語）			何	厥（三）（加）	
19.女歧無合，夫焉取九子？			焉	副詞			
20.伯強何處？惠氣安在？	何	代（補詞）	安	代（處補）	何安		
21.何闔而晦？何開而明？	何	代（止詞）	何	代（止詞）	何2		
22.角宿未旦，曜靈安藏？			安	代（處補）	安		
23.不任汨鴻，師何以尚之？			何以	代（△止）	何	之（三）（止）	
24.僉曰何憂，何不課而行之？	何	代（止詞）	何	副詞	何	之（三）（止）	
25.鴟龜曳銜，鯀何聽焉？			何	副詞			
26.順欲成功，帝何刑焉？			何	副詞			
27.永遏在羽山，夫何三年不施？			何	副詞			
28.伯禹腹鯀，夫何以變化？			何以	代（△止）			
29.纂就前緒，遂成考功。							
30.何續初繼業，而厥謀不同？	何	副詞			何	厥（三）（加）	

詞別	45.	44.	43.	42.	41.	40.	39.	38.	37.	36.	35.	34.	33.	32.	31.
原文	日安不到？燭龍何照？	西北辟啟，何氣通焉？	四方之門，其誰從焉？	增城九重，其高幾里？	崑崙縣圃，其尻安在？	南北順欐，其衍幾何？	東西南北，其脩孰多？	東流不溢，孰知其故？	九州安錯，川谷何洿？	康回憑怒，墜何故以東南傾？	鯪何所營？禹何所成？		應龍何畫？河海何歷？	地方九則，何以墳之？	洪泉極深，何以寶之？
疑問詞·上句	安 代（處補）								安 代（處補）		何所 代（謂語）		何 代（補詞）		
疑問詞·下句	何 代（補詞）	何 形容詞	誰 代（主語）	幾 形容詞	安 代（處補）	幾何 代（熟語）副	孰 代（主語）表 執擇	孰 代（起）	何 代（補詞）	何以 代（△止）	何所 代（謂語）		何 代（補詞）	何以 代（△止）	何以 代（△止）
疑問詞·疑問	安何	何	誰		安		孰	孰	安何	何	何2		何2	何	何
指稱詞·三身	其（三）（加）	其（三）（加）	其（三）（加）	其（三）（加）	其（三）（加）	其（三）（加）	其（三）（加）	其（三）（加）						之（三）（止）	之（三）（止）
指稱詞·其他											所2（代助）（主語）				

詞別 · 原文	疑問詞 上句（詞）	疑問詞 上句（類）	疑問詞 下句（詞）	疑問詞 下句（類）	疑問詞 疑問	指稱詞 三身	指稱詞 其他
46. 羲和之未揚，若華何光？			何	副詞			
47. 何所冬暖？何所夏寒？	何	形容詞	何	形容詞			
48. 焉有石林？何獸能言？	焉	代（處補）	何	形容詞	焉		
49. 焉有虬龍，負熊以遊？	焉	代（處補）			焉		
50.							
51. 雄虺九首，儵忽焉在？			焉	代（處補）	焉		
52. 何所不死？長人何守？	何	形容詞	何	代（補詞）	何		
53. 靡萍九衢，枲華安居？			安	代（處補）	安		
54. 一蛇吞象，厥大何如？			何如	副（熟語）		厥（三）（加）	
55. 黑水玄趾，三危安在？			安	代（處補）	安		
56. 延年不死，壽何所止？			何所	代（謂語）	何		
57. 鯪魚何所，鬿堆焉處？	何	代（補詞）	焉	代（處補）	何 焉		所（代助）（主語）
58. 羿焉彃日？烏焉解羽？	焉	代（處補）	焉	代（處補）	焉 2		
59. 禹之力獻功，降省下土方。							
60. 焉得彼嵞山女，而通之于台桑？	焉	副詞			焉	之（三）（止）	彼（遠）（指示）

詞別		61.	62.	63.	64.	65.	66.	67.	68.	69.	70.	71.	72.	73.	74.	75.
原文		閔妃匹合，厥身是繼。	胡為嗜不同味，而快鼂飽？	啟代益作后，卒然離蠥。	何啟惟憂，而能拘是達？	皆歸斁嫿，而無害厥躬？	何后益作革，而禹播降？	啟棘賓商，九辯九歌。	何勤子屠母，而死分竟地？	帝降夷羿，革孽夏民。	胡射夫河伯，而妻彼雒嬪？	馮珧利決，封豨是射。	何獻蒸肉之膏，而后帝不若？	浞娶純狐，眩妻爰謀。	何羿之射革，而交吞揆之。	阻窮西征，巖何越焉？
疑問詞	上句		胡(為) 代名詞		何 副詞		何 副詞		何 副詞		胡 副詞		何 副詞		何 副詞	
	下句															何 副詞
指稱詞	疑問		胡													
	三身	厥(三)(加)				厥(三)(加)									之(三)(止)	
	其他										彼(遠)(指示)					

原文	疑問詞 上句 疑問	上句 詞性	下句 疑問	下句 詞性	指稱詞 疑問	三身	其他
76. 化為黃熊，巫何活焉？			何	副詞	何		
77. 咸播秬黍，莆藋是營。							
78. 何由并投，而鮌疾脩盈？	何由	代（△止）			何		
79. 白蜺嬰茀，胡為此堂？			胡（為）	代名詞			此（近）（指）
80. 安得夫良藥，不能固臧？	安	副詞					
81. 天式從橫，陽離爰死。							
82. 大鳥何鳴？夫焉喪厥體？	何	副詞	焉	代（處補）	焉	厥（三）（加）	
83. 洴號起雨，何以興之？			何以	代（△止）	何	之（三）（止）	
84. 撰體脅鹿，何以膺之？			何以	代（△止）	何	之（三）（止）	
85. 黿戴山抃，何以安之？			何以	代（△止）	何	之（三）（止）	
86. 釋舟陵行，何以遷之？			何以	代（△止）	何	之（三）（止）	
87. 惟澆在戶，何求于嫂？			何	代（止）	何		
88. 何少康逐犬，而顛隕厥首？	何	副詞			何	厥（三）（加）	
89. 女岐縫裳，而館同爰止。							
90. 何顛易厥首，而親以逢殆？	何	副詞			何	厥（三）（加）	

詞別		91.	92.	93.	94.	95.	96.	97.	98.	99.	100.	101.	102.	103.	104.	105.
原文		湯謀易旅，何以厚之？	覆舟斟尋，何道取之？	桀伐蒙山，何所得焉？	妹嬉何肆？湯何殛焉？	舜閔在家，父何以鱞？	堯不姚告，二女何親？	厥萌在初，何所意焉？	璜臺十成，誰所極焉？	登立為帝，孰道尚之？	女媧有體，孰制匠之？	舜服厥弟，終然為害。	何肆犬豕，而厥身不危敗。	吳獲迄古，南嶽是止。	孰期去斯，得兩男子？	緣鵠飾玉，后帝是饗。
疑問詞	上句				何 代（止詞）								何 副詞		孰 代（起）	
	下句	何以 代（△止）	何 形容詞	何所 代（謂語）	何 副詞	何以 代（△止）	何 代（止）	何所 代（謂語）	誰所 代（謂語）	孰 代（起）	孰 代（起）					
指稱詞	疑問	何	何	何	何	何	何	何	誰	孰	孰		何		孰	
	三身	之（三）（止）	之（三）（止）					厥（三）（加）		之（三）（止）	之（三）（止）	厥（三）（加）	厥（三）（加）			
	其他			所（代助）（主語）				所（代助）（主語）	所（代助）（主語）						斯（近）（指示稱代）	

詞別 原文	疑問詞 上句	疑問詞 下句	疑問指稱詞 疑問	疑問指稱詞 三身	疑問指稱詞 其他
106. 何承謀夏桀，終以滅喪？	何／副詞				
107. 帝乃降觀，下逢伊摯。					
108. 何條放致罰，而黎服大說。	何／副詞				
109. 簡狄在臺，嚳何宜？		何／副詞			
110. 玄鳥致貽，女何喜？		何／副詞			
111. 該秉季德，厥父是臧。				厥（三）（加）	
112. 胡終弊于有扈，牧夫牛羊？	胡／副詞				
113. 干協時舞，何以懷之？		何以／代（△止）	何	之（三）（止）	時（是）（近）（指示兼稱代）
114. 平脅曼膚，何以肥之？		何以／代（△止）	何	之（三）（止）	
115. 有扈牧豎，云何而逢？		云何／副（熟語）			
116. 擊床先出，其命何從？		何／代（止）	何	其（三）（加）	
117. 恆秉季德，焉得夫朴牛？		焉／副詞			
118. 何往營班祿，不但還來。	何／副詞				
119. 昏微遵跡，有狄不寧。					
120. 何繁鳥萃棘，負子肆情？	何／副詞				

詞別 原文	疑問詞 上句	疑問詞 下句	指稱詞 疑問	指稱詞 三身	指稱詞 其他
121. 眩弟並淫，危害厥兄。				厥(三)(加)	
122. 何變化以作詐，而後嗣逢長？	何 副詞				
123. 成湯東巡，有莘爰極。					
124. 何乞彼小臣，而吉妃是得？	何 副詞				彼(遠)(指示)
125. 水濱之木，得彼小子。					彼(遠)(指示)
126. 夫何惡之？媵有莘之婦？	何 副詞			之(三)(止)	
127. 湯出重泉，夫何辠尤？		何 副詞			
128. 不勝心伐帝，夫誰使挑之？		誰 代(起)	誰	之(三)(止)	
129. 會晁爭盟，何踐吾期？		何 副詞		吾(一)(加)	
130. 蒼鳥群飛，孰使萃之？		孰 代(起)	孰	之(三)(止)	
131. 列擊紂躬，叔旦不嘉。					
132. 何親揆發，定周之命以咨嗟？	何 副詞				
133. 授殷天下，其位安施？		安 副詞		其(三)(加)	
134. 反成乃亡，其罪伊何？		伊何 代(謂語)	何	其(三)(加)	
135. 爭遣伐器，何以行之？		何以 代(△止)	何	之(三)(止)	

詞別 原文	疑問詞 上句	疑問詞 下句	指稱詞 疑問	指稱詞 三身	指稱詞 其他
136. 並驅擊翼，何以將之？		何以 代（△止）	何	之（三）（止）	
137. 昭后成遊，南土爰底。					
138. 厥利惟何，逢彼白雉。	惟何 代（謂語）		何	厥（三）（加）	彼（遠）（指示）
139. 穆王巧梅，夫何周流？		何 代（補詞）	何		
140. 環理天下，夫何索求？		何 代（止）	何		
141. 妖夫曳衒，何號于市？		何 副詞			
142. 周幽誰誅？焉得夫襃姒？		焉 副詞			
143. 天命反側，何罰何佑？		何2 代（止）	何2		
144. 齊桓九合，卒然身殺。					
145. 彼王紂之躬，孰使亂惑？		孰 代（起）	孰		彼（遠）（指示）
146. 何惡輔弼，讒諂是服？	何 副詞				
147. 比干何逆，而抑沈之？	何 代（止）		何	之（三）（止）	
148. 雷開何順，而賜封之？	何 代（止）		何	之（三）（止）	
149. 何聖人之一德，卒其異方？	何 副詞		何	其（三）（加）	
150. 梅伯受醢，箕子詳狂。					

詞別		151.	152.	153.	154.	155.	156.	157.	158.	159.	160.	161.	162.	163.	164.	165.
原文		稷維元子，帝何竺之？	投之于冰上，鳥何燠之？	何馮弓挾矢，殊能將之？	既驚帝切激，何逢長之？	伯昌号衰，秉鞭作牧。	何令徹彼岐社，命有殷國？	遷藏就岐，何能依？	殷有惑婦，何所譏？	受賜茲醢，西伯上告。	何親就上帝，罰殷之命以不救？	師望在肆，昌何識？	鼓刀揚聲，后何喜？	武發殺殷，何所悒？	載尸集戰，何所急？	伯林雉經，維其何故？
疑問詞	上句（疑問詞）			何			何				何					
	上句（詞性）			副詞			副詞				副詞					
	下句（疑問詞）	何	何		何			何	何所			何	何	何所	何所	何
	下句（詞性）	副詞	副詞		副詞			副詞	代（謂語）			副詞	副詞	代（謂語）	代（謂語）	形容詞
	疑問								何					何	何	何
指稱詞	三身	之（三）（止）	之2（三）（止）	之（三）（止）	之（三）（止）											
	其他						彼（遠）（指示）		所（代助）（主語）	茲（近）（指示）				所（代助）（主語）	所（代助）（主語）	

詞別		166.	167.	168.	169.	170.	171.	172.	173.	174.	175.	176.	177.	178.	179.	180.
原文		何感天抑墬，夫誰畏懼？	皇天集命，惟何戒之？	受禮天下，又使至代之。	初湯臣摯，後茲承輔。	何卒官湯，尊食宗緒？	勳闔夢生，少離散亡。	何壯武厲，能流厥嚴？	彭鏗斟雉，帝何饗？	受壽永多，夫何長？	中央共牧，后何長？	蠚蛾微命，力何固？	驚女采薇，鹿何祐？	北至回水，萃何喜？	兄有噬犬，弟何欲？	易之以百兩，卒無祿。
疑問詞	上句 何	何				何		何								
	上句 副詞	副詞				副詞		副詞								
	下句 何		惟何						何	何	何	何	何	何	何	
	下句 副詞／代		代（謂語）						代（止）	副詞	副詞	副詞	副詞	副詞	副詞	
指稱詞	疑問		何						何							
	三身		之（三）（止）	之（三）（止）				厥（三）（止）									之（三）（止）
	其他				茲（近）（指示稱代）											

詞別		181. 薄暮雷電，歸何憂？	182. 厥嚴不奉，帝何求？	183. 伏匿穴處，爰何云？	184. 荊勳作師，夫何長？	185. 悟過改更，我又何言？	186. 吳光爭國，久余是勝。	187. 何環閭穿社，以及丘陵。	188. 是淫是蕩，爰出子文。	189. 吾告堵敖，以不長。	190. 何試上自予，忠名彌彰。			
	原文													
疑問詞	上句							何			何			
								副詞			副詞			
	下句	何	何	何	何	何								
		代（止）	代（止）	代（止）	副詞	代（止）								
指稱詞	疑問	何	何	何		何								
	三身		厥（三）（加）			我（一）（起）	余（一）（止）			吾（一）（起）				
	其他													

符號說明：△表關係詞

附表九：〈天問〉虛詞分析表

虛詞類別 句別 原文	語 氣 詞		關 係 詞	
	上 句	下 句	上 句	下 句
1. 曰遂古之初，誰傳道之？			(3)之（詞組△、形容）	
2. 上下未形，何由考之？				
3. 冥昭瞢闇，誰能極之？				
4. 馮翼惟像，何以識之？				(2)*以（介、原因）
5. 明明闇闇，惟時何為？		惟（首）		
6. 陰陽三合，何本何化？				
7. 圜則九重，孰營度之？				
8. 惟茲何功，孰初作之？	惟（首）			
9. 斡維焉繫，天極焉加？				
10. 八柱何當？東南何虧？				
11. 九天之際，安放安屬？			(3)之（詞組△、形容）	
12. 隅隈多有，誰知其數？				
13. 天何所沓？十二焉分？				
14. 日月安屬？列星安陳？				
15. 出自湯谷，次于蒙汜。				(2)于（介、介處補）
16. 自明及晦，所行幾里？				

17. 夜光何德，死則又育？				（2）則（連、順接） （3）又（連、加合）
18. 厥利維何，而顧菟在腹？				（1）而（連、轉折）
19. 女歧無合，夫焉取九子？		夫（首）		
20. 伯強何處？惠氣安在？				
21. 何闔而晦？何開而明？			（3）而（連、順接）	（3）而（連、順接）
22. 角宿未旦，曜靈安藏？				
23. 不任汨鴻，師何以尚之？				（3）*以（介、原因）
24. 僉曰何憂，何不課而行之？				（4）而（連、順接）
25. 鴟龜曳銜，鯀何聽焉？		焉（末）		
26. 順欲成功，帝何刑焉？		焉（末）		
27. 永遏在羽山，夫何三年不施？		夫（首）		
28. 伯禹腹鯀，夫何以變化？		夫（首）		（3）*以（介、原因）
29. 纂就前緒，遂成考功。				（1）遂（連、時間）
30. 何續初繼業，而厥謀不同？				（1）而（連、轉折）
31. 洪泉極深，何以窴之？				（2）*以（介、原因）
32. 地方九則，何以墳之？				（2）*以（介、原因）
33. 應龍何畫？河海何歷？				
34.				
35. 鯀何所營？禹何所成？				
36. 康回憑怒，墜何故以東南傾？				（3）*以（介、原因）
37. 九州安錯，川谷何洿？				
38. 東流不溢，孰知其故？				
39. 東西南北，其脩孰多？				
40. 南北順墮，其衍幾何？				
41. 崑崙縣圃，其尻安在？				
42. 增城九重，其高幾里？				
43. 四方之門，其誰從焉？		焉（末）	（3）之（詞組△、形容）	

44. 西北辟啟，何氣通焉？		焉（末）	
45. 日安不到？燭龍何照？			
46. 羲和之未揚，若華何光？			（3）之（詞結△）
47. 何所多暖？何所夏寒？			
48. 焉有石林？何獸能言？			
49. 焉有虬龍，負熊以遊？			（3）以（介、修飾）
50.			
51. 雄虺九首，儵忽焉在？			
52. 何所不死？長人何守？			
53. 靡蓱九衢，枲華安居？			
54. 一蛇吞象，厥大何如？			
55. 黑水玄趾，三危安在？			
56. 延年不死，壽何所止？			
57. 鯪魚何所，鬿堆焉處？			
58. 羿焉彃日？烏焉解羽？			
59. 禹之力獻功，降省下土方。			（3）之（詞組△、領屬）
60. 焉得彼嵞山女，而通之于台桑？			（1）而（連、順接） （4）于（介、介處補）
61. 閔妃匹合，厥身是繼。		是（中）	
62. 胡為嗜不同味，而快鼂飽？			（1）而（連、轉折）
63. 啟代益作后，卒然離蟨。			
64. 何啟惟憂，而能拘是達？		是（中）	（1）而（連、轉折）
65. 皆歸躲鞠，而無害厥躬。			（1）而（連、轉折）
66. 何后益作革，而禹播降？			（1）而（連、轉折）
67. 啟棘賓商，九辯九歌。			
68. 何勤子屠母，而死分竟地？			（1）而（連、順接）
69. 帝降夷羿，革孽夏民。			
70. 胡躲夫河伯，而妻彼雒嬪？	夫（中）		（1）而（連、順接）
71. 馮珧利決，封狶是躲。		是（中）	

72. 何獻蒸肉之膏，而后帝不若？			(5) 之（詞組△、形容）	(1) 而（連、轉折）
73. 浞娶純狐，眩妻爰謀。				(3) 爰（連、時間）
74. 何羿之躬革，而交吞揆之。			(3) 之（詞結△）	(1) 而（連、轉折）
75. 阻窮西征，巖何越焉？		焉（末）		
76. 化爲黃熊，巫何活焉？		焉（末）		
77. 咸播秬黍，莆藋是營。		是（中）		
78. 何由并投，而鮌疾脩盈？				(1) 而（連、順接）
79. 白蜺嬰茀，胡爲此堂？				
80. 安得夫良藥，不能固臧？	夫（中）			
81. 天式從橫，陽離爰死。				(3) 爰（連、時間）
82. 大鳥何鳴？夫焉喪厥體？		夫（首）		
83. 蓱號起雨，何以興之？				(2) *以（介、原因）
84. 撰體脅鹿，何以膺之？				(2) *以（介、原因）
85. 鼇戴山抃，何以安之？				(2) *以（介、原因）
86. 釋舟陵行，何以遷之？				(2) *以（介、原因）
87. 惟澆在戶，何求于嫂？	惟（首）			(3) 于（介、介處補）
88. 何少康逐犬，而顛隕厥首？				(1) 而（連、轉折）
89. 女岐縫裳，而館同爰止。				(1) 而（連、順接） (4) 爰（連、時間）
90. 何顛易厥首，而親以逢殆？				(1) 而（連、順接） (3) 以（介、修飾）
91. 湯謀易旅，何以厚之？				(2) *以（介、原因）
92. 覆舟斟尋，何道取之？				
93. 桀伐蒙山，何所得焉？		焉（末）		
94. 妹嬉何肆？湯何殛焉？		焉（末）		

95. 舜閔在家，父何以鱞？			(3) *以（介、原因）
96. 堯不姚告，二女何親？			
97. 厥萌在初，何所意焉？	焉（末）		
98. 璜臺十成，誰所極焉？	焉（末）		
99. 登立爲帝，孰道尚之？			
100. 女媧有體，孰制匠之？			
101. 舜服厥弟，終然爲害。			
102. 何肆犬豕，而厥身不危敗。			(1) 而（連、轉折）
103. 吳獲迄古，南嶽是止。	是（中）		
104. 孰期去斯，得兩男子？			
105. 緣鵠飾玉，后帝是饗。	是（中）		
106. 何承謀夏桀，終以滅喪？			(2) 以（介、修飾）
107. 帝乃降觀，下逢伊摯。			
108. 何條放致罰，而黎服大說。			(1) 而（連、轉折）
109. 簡狄在臺，嚳何宜？			
110. 玄鳥致貽，女何喜？			
111. 該秉季德，厥父是臧。	是（中）		
112. 胡終弊于有扈，牧夫牛羊？	夫（中）	(4) 于（介、介處補）	
113. 干協時舞，何以懷之？			(2) *以（介、原因）
114. 平脅曼膚，何以肥之？			(2) *以（介、原因）
115. 有扈牧豎，云何而逢？			(3) 而（連、順接）
116. 擊床先出，其命何從？			
117. 恆秉季德，焉得夫朴牛？	夫（中）		
118. 何往營班祿，不但還來？			
119. 昏微遵跡，有狄不寧。			
120. 何繁鳥萃棘，負子肆情？			
121. 眩弟並淫，危害厥兄。			
122. 何變化以作詐，而後嗣逢長？		(4) 以（介、修飾）	(1) 而（連、轉折）
123. 成湯東巡，有莘爰極。	爰（中）		
124. 何乞彼小臣，而吉妃是得？	是（中）		(1) 而（連、轉折）

125. 水濱之木，得彼小子。			（3）之（詞組△、形容）
126. 夫何惡之，媵有莘之婦？	夫（首）		（4）之（詞組△、領屬）
127. 湯出重泉，夫何辠尤？		夫（首）	
128. 不勝心伐帝，夫誰使挑之？		夫（首）	
129. 會鼂爭盟，何踐吾期？			
130. 蒼鳥群飛，孰使萃之？			
131. 列擊紂躬，叔旦不嘉。			
132. 何親揆發，定周之命以咨嗟？			（3）之（詞組△、領屬）（5）以（介、介處補）
133. 授殷天下，其位安施？			
134. 反成乃亡，其罪伊何？			
135. 爭遣伐器，何以行之？			（2）*以（介、原因）
136. 並騙擊翼，何以將之？			（2）*以（介、原因）
137. 昭后成遊，南土爰底。		爰（中）	
138. 厥利惟何，逢彼白雉。			
139. 穆王巧梅，夫何周流？		夫（首）	
140. 環理天下，夫何索求？		夫（首）	
141. 妖夫曳衒，何號于市？			（3）于（介、介處補）
142. 周幽誰誅？焉得夫褒姒？		夫（中）	
143. 天命反側，何罰何佑？			
144. 齊桓九合，卒然身殺。			
145. 彼王紂之躬，孰使亂惑？			（4）之（詞組△、領屬）
146. 何惡輔弼，讒諂是服？		是（中）	
147. 比干何逆，而抑沈之？			（1）而（連、轉折）
148. 雷開何順，而賜封之？			（1）而（連、轉折）
149. 何聖人之一德，卒其異方？			（4）之（詞組△、領屬）
150. 梅伯受醢，箕子詳狂。			
151. 稷維元子，帝何竺之？			
152. 投之于冰上，鳥何燠之？			（3）于（介、介處補）

153. 何馮弓挾矢，殊能將之？			
154. 既驚帝切激，何逢長之？		（1）既（連、加合）	
155. 伯昌号衰，秉鞭作牧。			
156. 何令徹彼岐社，命有殷國？			
157. 遷藏就岐，何能依？			
158. 殷有惑婦，何所譏？			
159. 受賜茲醢，西伯上告。			
160. 何親就上帝，罰殷之命以不救？			（3）之（詞組△、領屬）（5）以（介、介處補）
161. 師望在肆，昌何識？			
162. 鼓刀揚聲，后何喜？			
163. 武發殺殷，何所悒？			
164. 載尸集戰，何所急？			
165. 伯林雉經，維其何故？		其（中）	
166. 何感天抑墜，夫誰畏懼？		夫（首）	
167. 皇天集命，惟何戒之？		惟（首）	
168. 受禮天下，又使至代之。			（1）又（連、加合）
169. 初湯臣摯，後茲承輔。			
170. 何卒官湯，尊食宗緒？			
171. 勳闔夢生，少離散亡。			
172. 何壯武厲，能流厥嚴？			
173. 彭鏗斟雉，帝何饗？			
174. 受壽永多，夫何長？		夫（首）	
175. 中央共牧，后何怒？			
176. 蠭蛾微命，力何固？			
177. 驚女采薇，鹿何祐？			
178. 北至回水，萃何喜？			
179. 兄有噬犬，弟何欲？			
180. 易之以百兩，卒無祿。			（3）以（介、介憑補）
181. 薄暮雷電，歸何憂？			
182. 厥嚴不奉，帝何求？			
183. 伏匿穴處，爰何云？		爰（首）	
184. 荊勳作師，夫何長？		夫（首）	

185. 悟過改更，我又何言？				（2）又（連、加合）
186. 吳光爭國，久余是勝。		是（中）		
187. 何環閭穿社，以及丘陵。				（1）以（連、加合）
188. 是淫是蕩，爰出子文。				（1）爰（連、時間）
189. 吾告堵敖，以不長。				（1）以（介、介憑補）
190. 何試上自予，忠名彌彰。				

符號說明：*代表「何以」連用者，△代表關係

附表十：〈天問〉韻譜[註1]

　　（一）道（幽）、考（幽）。（二）極（職）、識（職）[註2]。（三）爲（歌）、化（歌）。（四）重（東）、功（東），度（鐸）、作（鐸）[註3]。（五）加（歌）、虧（歌）。（六）屬（屋）、數（侯）侯屋合韻[註4]。（七）分（諄）、陳（眞）眞諄合韻[註5]。（八）汜（之）、晦（之）、里（之）[註6]。（九）育（覺）、腹（覺）[註7]。（十）子（之）、在（之）。（十一）明（陽）、藏（陽）。（十二）鴻（東）、

〔註1〕　本韻譜以陳師新雄《古音學發微》所分三十二部及「群經韻譜」所收楚辭韻譜爲據，並參考江有誥《楚辭韻讀》、陸侃如〈楚辭古音錄〉、林蓮仙《楚辭音韻》、傅錫壬先生《楚辭古韻考釋》、〈江有誥《楚辭韻讀》補正〉等著作。又，本韻譜所收韻字，以句末爲限（包括句末「之」、「兮」者，取前字協），但不及句首、句中之韻字。

〔註2〕　江有誥「職」部未從「之」部分出，陸氏、傅氏從之，然據楚辭協韻現象觀之，「職」部字多自相協，故列爲「職」部。下同。

〔註3〕　重、功皆「東」韻字，陸氏標爲韻腳，他家多未從之。竊以爲此交叉爲韻，《詩經》已有之，故從陸説。又，江氏「鐸」部未從「魚」部分出，故度、作列爲「魚」部。

〔註4〕　江氏「屋」部未從「侯」部分出，故此列爲「侯部」。

〔註5〕　「諄」部諸家多稱「文」部，此從陳師之部名。

〔註6〕　諸家僅以「汜」、「里」爲韻字，然「晦」亦「之」部字，亦爲韻字。

〔註7〕　江氏「覺」部未從「幽」部分出，故爲「幽」部。

尚（陽）、行（陽）東陽合韻。〔註8〕。（十三）聽（耕）、刑（耕）。
（十四）施（歌）、化（歌）。（十五）功（東）、同（東）。（十六）
賓（眞）、塡（諄）眞諄合韻。（十七）畫（錫）、歷（錫）〔註9〕。
（十八）營（耕）、成（耕）、傾（耕）。（十九）錯（鐸）、洿（魚）、
故（魚）魚鐸合韻〔註10〕。（二○）多（歌）、橢（歌）、何（歌）〔註
11〕。（二一）在（之）、里（之）。（二二）從（東）、通（東）。（二
三）到（宵）、照（宵）、揚（陽）、光（陽）〔註12〕。（二四）暖（元）、
寒（元）、言（元）。（二五）虯（幽）、遊（幽）〔註13〕。（二六）首
（幽）、在（之）、守（幽）幽之合韻〔註14〕。（二七）衢（魚）、居
（魚）、如（魚）。（二八）趾（之）、在（之）、止（之）。（二九）所
（魚）、處（魚）、羽（魚）。（三○）功（東）、方（陽）、桑（陽）
東陽合韻〔註15〕。（三一）繼（脂）、飽（幽）〔註16〕。（三二）孽（月）、

〔註8〕 諸家多不以「鴻」爲韻字，朱季海《楚辭解故》以爲「鴻」、「尚」、「行」爲韻，猶「禹之力獻功」章以「功」、「方」、「桑」爲韻，蓋東入陽韻，《老子》、《淮南子》多有其例，皆楚聲也。

〔註9〕 聞一多《楚辭校補》以爲此不入韻，非是。「畫」、「歷」皆「錫」部字，此傅氏稱「佳」部，江氏稱「支」部，蓋未將入聲部獨立也。又，此章下脫二句。

〔註10〕 江氏、陸氏、傅氏因未將「鐸」部分出，故列爲「魚」部韻。

〔註11〕 諸家僅以「多」、「何」爲韻字，然「橢」亦「歌」部字，故從陳師增列。

〔註12〕 竹治貞夫《楚辭研究》據《山海經》郭璞注及《北堂書鈔》所引異文，以爲「光」乃「耀」之壞字，故以本章僅「宵」部一韻。

〔註13〕 「龍虯」，《章句》、《補注》皆作「虯龍」，《集注》：「虯，或在龍字上，以韻協之，非是。」劉堯民〈關於天問〉：「虯與游協韻，觀王逸注：『有角曰龍，無角曰虯』龍先後虯，可知王逸原本作龍虯。」傅氏、林氏皆從朱子《集注》作「龍虯」，故與「遊」協。又，此下脫二句。

〔註14〕 陸氏從一本作「何所不老」，故以「首」、「在」、「死」、「守」皆韻字。傅氏云：「考之韻例，此句當不協，如下文衢、居、如、趾、在、止相協例。」說然也。

〔註15〕 江氏、陸氏、傅氏皆以「方」、「桑」爲韻字，故押陽韻，然林氏與朱季海則以「功」亦韻字，乃東陽合韻。今從之。參見註8。

〔註16〕 本章之韻，諸家異說紛紜。江氏以爲無韻；馬瑞辰以爲傳寫誤倒，

達（月）〔註17〕。（三三）躳（冬）、降（冬）〔註18〕。（三四）歌（歌）、地（歌）。（三五）民（眞）、嬪（眞）。（三六）射（鐸）、若（鐸）。（三七）謀（之）、之（之）。（三八）越（月）、活（月）。（三九）營（耕）、盈（耕）。（四〇）堂（陽）、臧（陽）。（四一）死（脂）、體（脂）。（四二）興（蒸）、膺（蒸）。（四三）抒（元）、安（元）、遷（元）〔註19〕。（四四）嫂（幽）、首（幽）。（四五）止（之）、殆（之）。（四六）厚（侯）、取（侯）。（四七）得（職）、殛（職）。（四八）鱞（諄）、親（眞）眞諄合韻。（四九）意（職）、極（職）。（五〇）尙（陽）、匠（陽）。（五一）害（月）、敗（月）。（五二）止（之）、子（之）。（五三）饗（陽）、喪（陽）。（五四）摯（月）、罰（月）、說（月）〔註20〕。（五五）臺（之）、貽（之）、宜（歌）、嘉（歌）〔註21〕。（五六）臧（陽）、羊（陽）。（五七）舞（魚）、膚（魚），懷（微）、肥（微）〔註22〕。（五八）逢（東）、從（東）。（五九）牛（之）、來（之）。（六〇）寧（耕）、情（耕）。（六一）兄（陽）、長（陽）。（六二）巡（諄）、臣（眞）眞諄合韻，極（職）、得（職）

　　　當「繼」與「味」韻；劉永濟則以「繼」爲「紹」之誤，紹飽爲韻；郭沫若〈屈原天問的譯文〉以爲「飽」爲「飢」之誤，繼與飢韻。傅氏以爲眾說難定，林氏則列入存疑。

〔註17〕江氏「月」部未從「祭」部分出，故陸氏、傅氏亦從之列爲「祭」部。

〔註18〕江氏、傅氏之「中」部，即陳師之「冬」部，林氏以爲楚辭音冬東不分，故列「東」部。

〔註19〕諸家僅以「安」、「遷」爲韻字，陳師則「抒」字亦入韻，考「抒」亦「元」部字，則當從陳師說。

〔註20〕諸家僅以「摯」、「說」爲韻字，陳師則「罰」字亦入韻，〈天問〉以二、三、四句爲韻者計三見，陳師說可從。

〔註21〕蔣驥《楚辭餘論》：「嘉，舊本或作喜。按喜協宜，非古韻。漢禮儀志引此作嘉。又，湯炳正〈屈賦語言的旋律美〉以「臺」、「貽」亦爲韻字，蓋與「宜」、「嘉」交叉爲韻。

〔註22〕湯氏以「舞」、「膚」亦爲韻字，今從之。又，江氏脂微二部不分，故稱脂部。

〔註23〕。(六三) 子 (之)、婦 (之)。(六四) 尤 (之)、之 (之)。(六五) 期 (之)、之 (之)。(六六) 嘉 (歌)、嗟 (歌)。(六七) 施 (歌)、何 (歌)。(六八) 行 (陽)、將 (陽)。(六九) 底 (脂)、雉 (脂)。(七○) 流 (幽)、索 (幽)。(七一) 市 (之)、姒 (之)。(七二) 罰 (月)、殺 (月) 〔註24〕。(七三) 惑 (職)、服 (職)。(七四) 沈 (侵)、封 (東) 東侵合韻 〔註25〕。(七五) 方 (陽)、狂 (陽)。(七六) 竺 (覺)、燠 (覺)。(七七) 將 (陽)、長 (陽)。(七八) 牧 (職)、國 (職)。(七九) 依 (微)、譏 (微)。(八○) 告 (幽)、救 (幽)。(八一) 識 (職)、喜 (之) 之職合韻 〔註26〕。(八二) 悒 (緝)、急 (緝)。(八三) 故 (魚)、懼 (魚)。(八四) 戒 (職)、代 (職)。(八五) 輔 (魚)、緒 (魚)。(八六) 亡 (陽)、嚴 (談) 陽談合韻 〔註27〕。(八七) 饗 (陽) 長 (陽)。(八八) 怒 (魚)、固 (魚)。(八九) 祐 (之)、喜 (之)。(九十) 欲 (屋)、祿 (屋)。(九一) 憂 (幽)、求

〔註23〕 陸氏以「巡」「臣」爲「眞」韻，然「巡」當「諄」部字，此眞諄合韻也。

〔註24〕《集注》：「殺音弒，一作弒。」江氏、陸氏、林氏從之，而以此章押「之」部。劉盼遂〈天問校箋〉以爲當作「何佑何罰」，罰與殺韻。聞一多《楚辭校補》以其說爲是，並以王注先言「佑」，後言「罰」，正王本未倒證之。

〔註25〕 江有誥以爲「東侵借韻」，劉永濟〈天問通箋〉以爲東侵兩部相協者，先秦載籍有之，然「此文一本作賜封金，無之字，疑上句衍一之字，此句衍一賜字，則沈金正協。」傅氏以爲其說也通。然林氏則謂以《詩經》音論，冬侵合韻有之，東侵爲協，則未之見。然自「東」韻字之歷史淵源及現代客方言音讀考之，則「封」上古爲閉口韻，未可謂爲無據也。若陸氏則以二「之」字爲韻字，衡諸韻例，其說非是。

〔註26〕 林氏據《集注》「識與志同」，而以「識」、「喜」爲「之」部字，然「馮翼惟像，何以識之」之「識」仍入「職」部。竊以爲此應爲「之職合韻」。

〔註27〕 諸家多以「嚴」當作「莊」，因避漢諱改。聞一多《楚辭校補》更據讘法證之。然林氏《楚辭音韻》以爲是說不可從，其論據有三（見頁213）。林氏之說不無道理，此暫從之。

（幽）。（九二）云（諄）、長（陽）〔註28〕。（九三）言（元）、勝（蒸）。
（九四）陵（蒸）、文（諄）。（九五）長（陽）、彰（陽）。

〔註28〕 諸家多從一本作「夫何長先」，「先」與「云」皆「諄」部字，然《纂
　　義》自章句之釋以爲王逸所見本無先字。又，此句以下各家說極紛
　　紜，或以爲隔句協韻，或以爲合韻，或以爲有脫簡，或以爲有錯簡，
　　其移易又各有不同。諸說既難論定，故仍據原文，標其韻字與韻部。

參考書目

壹、專門著作

一、天問之屬

1. 《天問天對解》，楊萬里，臺灣商務印書館，四部叢刊正編，《誠齋集》。

2. 《天問補注》，毛奇齡，乾隆刊本，《毛西河先生全集》，師大國文系圖書室藏。

3. 《天問校正》，屈復，青照堂叢書本，中研院史語所藏。

4. 《楚辭天問箋》，丁晏，清咸豐間山陽丁氏清稿本，廣文書局，民國 61 年 4 月初版。

5. 《九歌天問二招的成立背景與楚辭文學精神的探討》，施淑女，國立臺灣大學文史叢刊，民國 58 年初版。

6. 《楚辭天問新箋》，臺靜農，藝文印書館，民國 61 年 5 月初版。

7. 《天問正簡》，蘇雪林，廣東出版社，民國 63 年 11 月初版。

8. 《離騷天問考辨》，何錡章，廣東出版社，民國 65 年 4 月初版。

9. 《離騷與天問詮疑》，魏子高，廣文書局，民國 72 年 3 月初版。

10. 《天問譯注》，藍海文，香港金陵出版社，民國 75 年 4 月初版。

11. 《楚辭天問研究》，徐泉聲，真義出版社，民國 75 年 12 月初版。

12. 《天問天對注》，復旦大學中文系古典文學教研組，上海人民出版

社，1973 年 11 月第一版。

13. 《天問疏證》，聞一多，生活‧讀書‧新知三聯書店，1980 年 12 月出版。

14. 《天問纂義》，游國恩，中華書局，1982 年 10 月第一版。

15. 《天問論箋》，林庚，人民文學出版社，1983 年 6 月第一版。

16. 《天問新注》，程嘉哲，四川人民出版社，1984 年 8 月第一版。

17. 《天問淺釋》（附：天對簡釋），陸元熾，北京出版社，1987 年 10 月第一版。

18. 《天問研究》，孫作雲，中華書局，1989 年 3 月第一版。

二、楚辭之屬

1. 《楚辭章句》，王逸，馮紹祖觀妙齋本，藝文印書館，民國 63 年 4 月再版。

2. 《楚辭補註》，洪興祖，惜陰軒叢書本，藝文印書館，民國 70 年 3 月六版。

3. 《楚辭集注》，朱熹，端平二年乙未朱鑑刊本，華正書局，民國 63 年 7 月臺一版。

4. 《楚辭集解》，汪瑗撰，汪仲弘補輯，萬曆四十三年乙卯序刊本，日‧同朋舍，大學漢籍善本叢書，昭和 59 年。

5. 《楚辭聽直》，黃文煥，崇禎十六年刊本，新文豐出版社，《楚辭彙編》，民國 75 年 3 月臺一版。

6. 《離騷圖》，蕭雲從，清初刊本，廣文書局，民國 65 年 3 月初版。

7. 《楚辭疏》，陸時雍，新文豐出版社，《楚辭彙編》，民國 75 年 3 月臺一版。

8. 《屈詁》，錢澄之，廣文書局，五家楚辭注合編，民國 61 年 4 月初版。

9. 《楚辭通釋》，王夫之，廣文書局，民國 68 年 5 月再版。

10. 《楚辭燈》，林雲銘，廣文書局，民國 60 年 12 月再版。

11. 《屈子雜文箋略》，王邦采，光緒中廣雅書局刊本，民國 9 年番禺徐紹榮重印，中研院史語所藏。

12. 《山帶閣注楚辭》，蔣驥，廣文書局，民國 60 年 7 月三版。

13. 《楚辭評註》，王萌，慎修堂本，中研院史語所藏。

14. 《楚辭新注》，屈復，青照堂叢書本，中研院史語所藏。

15. 《屈原賦注》，戴震，世界書局，楚辭注八種，民國 70 年 12 月四版。

16. 《屈子章句》，劉夢鵬，新文豐出版社，《楚辭彙編》，民國 75 年 3 月臺一版。

17. 《屈騷指掌》，胡文英，新文豐出版社，《楚辭彙編》，民國 75 年 3 月臺一版。

18. 《屈辭精義》，陳本禮，廣文書局，民國 60 年 12 月再版。

19. 《楚辭韻讀》，江有誥，清渭南嚴氏校刊本音學十書，廣文書局，《音韻學叢書》，民國 55 年 1 月初版。

20. 《楚辭新注求確》，胡濬源，新文豐出版社，《楚辭彙編》，民國 75 年 3 月臺一版。

21. 《楚辭十二家鈔》，張惠言，廣文書局，《五家楚辭注合編》，民國 61 年 4 月初版。

22. 《楚辭釋》，王闓運，方守道校刊本，廣文書局，民國 61 年元月初版。

23. 《屈賦微》，馬其昶，光緒丙午集虛草堂校刊本，新文豐出版社，《楚辭彙編》，民國 75 年 3 月臺一版。

24. 《楚辭新論》，謝无量，商務印書館，民國 12 年 5 月初版。

25. 《楚辭》，蔣善國，上海梁溪圖書館鉛印本，新文豐出版社，民國 71 年 8 月初版。

26. 《楚詞講義》，廖平，六譯館叢書本，四川存古書局，民國 14 年。

27. 《楚辭概論》，游國恩，北新書局，民國 15 年初版，九思出版社，民國 67 年 2 月臺一版。

28. 《楚辭》，沈雁冰，上海商務印書館，民國 17 年，臺灣商務印書館，民國 59 年 8 月臺一版。

29. 《楚辭中的神話和傳說》，鍾敬文，中山大學民俗叢書，東方文化供應社，民國 59 年夏季複刊。

30. 《楚辭札記》，徐英，民國 24 年南京中山書局鉛印本，新文豐出版社，《楚辭彙編》，民國 75 年 3 月臺一版。

31. 《楚辭校補》，聞一多，武大文哲季刊五卷一期，1935 年 11 月，華正書局，民國 66 年 5 月初版。

32. 《屈原研究》，郭沫若，群益出版社，民國 35 年 7 月，上海古籍出版社，《郭沫若古典文學論文集》。

33. 《楚辭作於漢代考》，何天行，中華書局，民國 37 年 4 月初版。

34. 《楚辭書錄》，饒宗頤，香港蘇記書莊，民國 45 年 1 月出版。

35. 《楚辭與詞曲音樂》，饒宗頤，香港蘇記書莊，民國 47 年 5 月出版。

36. 《屈原及其作品研究》，王雪蘭，臺灣大學中文研究所碩士論文，民國 60 年。

37. 《楚辭語法研究》，傅錫壬，嘉新水泥公司文化基金會研究論文第九〇種。

38. 《楚辭古韻考釋》，傅錫壬，淡江文理學院，淡江文史叢書，民國 62 年 6 月出版。

39. 《楚辭文學的特質》，吳天任，臺灣商務印書館，民國 61 年 7 月初版。

40. 《屈原及其作品詮釋》，何錡章，廣東出版社，民國 63 年 5 月出版。

41. 《屈賦甄微》，鄭坦，臺灣商務印書館，民國 65 年 1 月初版。

42. 《楚辭音韻》，林蓮仙，昭明出版社，民國 68 年 5 月初版。

43. 《屈原》，王世昭，國家出版社，民國 71 年 5 月出版。

44. 《楚辭三九暨後世以九名篇擬作之研探》，高秋鳳，臺灣師範大學國文研究所碩士論文，民國 75 年。

45. 《屈原》，游國恩，生活‧讀書‧新知三聯書店，1953 年初版，弘道文化事業有限公司，民國 62 年 5 月初版。

46. 《屈原賦今譯》，郭沫若，人民文學出版社，1953 年 6 月，香港上海書局，1977 年 11 月出版。

47. 《楚辭論文集》，游國恩，古典文學出版社，1957 年 1 月，九思出版社，民國 66 年 11 月臺一版。

48. 《屈原賦校注》，姜亮夫，人民文學出版社，1957 年 6 月，文光圖書有限公司，未著出版年月。

49. 《屈原賦證辨》，沈祖緜，中華書局上海編輯所，1960 年，鼎文書局，《楚辭新義五種》，民國 63 年 10 初版。

50. 《楚辭書目五種》，姜亮夫，中華書局上海編輯所，1961 年，明倫出版社，民國 60 年 10 月出版。

51. 《屈賦通箋》，劉永濟，人民文學出版社，1961 年，鼎文書局，《楚辭新義五種》，民國 63 年 10 月初版。

52. 《楚辭解故》，朱季海，中華書局上海編輯所，1963 年 12 月，鼎文書局，《楚辭新義五種》，民國 63 年 10 月初版。

53. 《屈賦新編》，譚介甫，中華書局，1978 年第一版。

54. 《楚辭選注》，金開誠，北京出版社，1980 年 8 月第一版。

55. 《楚辭新注》，聶石樵，上海古籍出版社，1980 年 8 月第一版。

56. 《離騷箋疏》，詹安泰，湖北人民出版社，1981 年 5 月第一版。

57. 《詩人屈原及其作品研究》，林庚，上海古籍出版社，1981 年 7 月第一版。

58. 《楚辭今繹講錄》，姜亮夫，北京出版社，1981 年 10 月第一版。

59. 《屈原賦選》，王濤，三聯書店香港分店，1981 年 12 月香港初版。

60. 《屈原論稿》，聶石樵，人民文學出版社，1982 年 2 月第一版。

61. 《楚辭論文集》，蔣天樞，陝西人民出版社，1982 年 7 月第一版。

62. 《屈賦音注詳解》，劉永濟，上海古籍出版社，1983 年 9 月第一版。

63. 《屈原賦譯注》，袁梅，齊魯書社，1984 年 1 月第一版。

64. 《屈賦新探》，湯炳正，齊魯書社，1984 年 2 月第一版。

65. 《楚辭全譯》，黃壽祺、梅桐生，貴州人民出版社，1984 年 2 月第一版。

66. 《屈原研究論集》，湖北省社會科學院文學研究所編，長江文藝出版社，1984 年 5 月第一版。

67. 《楚辭選注及考證》，胡念貽，岳麓書社，1984 年 11 月第一版。

68. 《楚辭要籍解題》，洪湛侯等，湖北人民出版社，1984 年 11 月第一版。

69. 《楚辭學論文集》，姜亮夫，上海古籍出版社，1984 年 12 月第一版。

70. 《楚辭研究》，遼寧省文學學會屈原研究會、遼寧師範大學科研處、中文系編印，1984 年。

71. 《楚辭評論資料選》，楊金鼎等，湖北人民出版社，1985 年 5 月第一版。

72. 《楚辭注釋》，馬茂元等，湖北人民出版社，1985 年 6 月第一版。

73. 《楚辭通故》，姜亮夫，齊魯書社，1985 年 10 月第一版。

74. 《楚辭資料海外編》，尹錫康、周發祥等，湖北人民出版社，1986 年 3 月第一版。

75. 《楚辭講讀》，朱碧蓮，華東師範大學出版社，1986 年 10 月第一版。

76. 《重訂屈原賦校注》，姜亮夫，天津古籍出版社，1987 年 3 月第一版。

77. 《楚辭與神話》，蕭兵，江蘇古籍出版社，1987 年 4 月第一版。

78. 《屈原問題論爭史稿》，黃中模，北京十月文藝出版社，1987 年 7 月第一版。

79. 《楚辭選析》，楊白樺，江蘇古籍出版社，1987 年 12 月第一版。

80. 《楚辭類稿》，湯炳正，巴蜀書社，1988 年 1 月第一版。

81. 《楚辭研究》，中國屈原學會編，齊魯書社，1988 年 1 月第一版。

82. 《楚辭直解》，陳子展，江蘇古籍出版社，1988 年 2 月第一版。

83. 《楚辭新探》，蕭兵，天津古籍出版社，1988 年 12 月第一版。

84. 《詩經楚辭鑑賞辭典》，周嘯天主編，四川辭書出版社，1990 年 3 月第一版。

85. 《楚辭》，日·岡田正之，新文豐出版社，漢文大系，民國 67 年 10 月初版。

86. 《屈原賦說》，日·西村時彥，《碩園先生遺集》第五冊，昭和丙子懷德堂刊，中研院史語所藏。

87. 《楚辭研究》，日·竹治貞夫，風間書房，昭和 53 年 3 月出版。

88. 《屈原》，日·竹治貞夫著、譚繼山譯，萬盛出版有限公司，民國 72 年 11 月出版。

89. 《楚國狂人屈原與中國政治神話》，美·勞倫斯·Ａ·施奈德著，張嘯虎、蔡靖泉譯，湖北教育出版社，1990 年 6 月第一版。

三、楚文化之屬

1. 《荊楚歲時記校注》，宗懍撰、王毓榮校注，文津出版社，民國 77 年 8 月出版。

2. 《楚文化研究》，文崇一，中研院民族學研究院專刊之十二，民國 56 年，東大圖書公司，民國 79 年 4 月重印初版。

3. 《楚國史話》，黃德馨，華中工學院出版社，1983 年 10 月第一版。

4. 《楚文化考古大事記》，楚文化研究會編，文物出版社，1984 年 7 月第一版。

5. 《楚史論叢初集》，張正明主編，湖北人民出版社，1984 年 10 月第一版。

6. 《楚國民族述略》，顧顧符，湖北人民出版社，1984 年 10 月第一版。

7. 《楚文化史》，張正明，上海人民出版社，1987 年 8 月第一版。

8. 《楚文化志》，張正明主編，湖北人民出版社，1988 年 7 月第一版。

9. 《楚史稿》，李玉潔，河南大學出版社，1988 年 8 月第一版。

四、經學之屬

1. 《尚書》，嘉慶二十年江西南昌府學刊，藝文印書館，十三經注疏本。

2. 《詩經》，嘉慶二十年江西南昌府學刊，藝文印書館，十三經注疏本。

3. 《禮記》，嘉慶二十年江西南昌府學刊，藝文印書館，十三經注疏

本。

4. 《論語》，嘉慶二十年江西南昌府學刊，藝文印書館，十三經注疏本。

5. 《孟子》，嘉慶二十年江西南昌府學刊，藝文印書館，十三經注疏本。

6. 《大戴禮記今註今譯》，戴德撰、高師仲華注譯，臺灣商務印書館，民國 64 年 4 月初版。

7. 《春秋左傳詁》，洪亮吉，臺灣商務印書館，國學基本叢書四百種。

8. 《尚書釋義》，屈萬里，中華文化出版事業社，民國 55 年 8 月四版。

9. 《尚書通論》，陳夢家，仰哲出版社，民國 76 年 11 月出版。

10. 《詩書成詞考釋》，姜昆武，齊魯書社，1989 年 11 月第一版。

11. 《古音學發微》，陳師新雄，文史哲出版社，民國 64 年 12 月再版。

12. 《文言語法三十辨》，吳仁甫，華東師範大學出版社，1988 年 4 月第一版。

五、史部之屬

1. 《逸周書》，中華書局，四部備要本。

2. 《國語》，九思出版有限公司，民國 67 年 11 月臺一版。

3. 《古本竹書紀年輯證》，方詩銘、王修齡輯證，華世出版社，民國 72 年 2 月初版。

4. 《史記》，司馬遷，清乾隆武英殿刊本，藝文印書館。

5. 《西京雜記》，劉歆編，四部叢刊初編，上海商務印書館。

6. 《吳越春秋》，趙曄，明弘治鄺璠刻本，四部叢刊初論，上海商務印書館。

7. 《後漢書》，范曄，鼎文書局，民國 68 年 11 月初版。

8. 《晉書》，房玄齡等，鼎文書局，民國 69 年 3 月初版。

9. 《隋書》，魏徵，鼎文書局，民國 69 年 3 月初版。

10. 《路史》，羅泌纂、羅苹註，中華書局，四部備要本。

11. 《郡齋讀書志》，晁公武，廣文書局，書目續編。

12. 《直齋書錄解題》，陳振孫，武英殿聚珍本，廣文書局，書目續編。

13. 《千頃堂書目》，黃虞稷，廣文書局，書目叢編，民國 56 年 7 月初版。

14. 《史籍舉要》，柴德賡，漢京文化事業有限公司，四部刊要，民國 74 年 10 月初版。

15. 《古史辨》，顧頡剛等，未著出版書局、出版年月。

16. 《中國通史》，范文瀾，人民出版社，1978 年 6 月五版。

17. 《先秦史》，蕭璠，長橋出版社，民國 68 年 3 月初版。

18. 《春秋戰國史話》，朱淑瑤，木鐸出版社，民國 75 年 9 月初版。

19. 《戰國史》（增訂本），楊寬，谷風出版社，1986 年 9 月出版。

20. 《中國疆域沿革略》，童書業，臺灣開明書店，民國 46 年 10 月臺一版。

21. 《中國古代社會研究》，郭沫若，1954 年新版，未著出版書局。

22. 《中國邊疆民族與環太平洋文化》，凌純聲，聯經出版事業公司，民國 68 年 7 月初版。

23. 《原始崇拜綱要──中華圖騰文化與生殖文化》，龔維英，中國民間文藝出版社，1989 年 10 月第一版。

24. 《中國哲學史》（第一卷），勞思光，文華圖書供應社，民國 67 年 8 月初版。

25. 《中國哲學史新編》，馮友蘭，人民出版社，1983 年修訂本。

26. 《中國無神論史綱》，王友三，上海人民出版社，1982 年 5 月初版。

27. 《天問略》，陽瑪諾，藝海珠塵本，藝文印書館，百部叢書集成。

28. 《中國天文學史（第一冊），陳遵媯，明文書局，民國 73 年 2 月初版。

29. 《中國歷史上的宇宙理論》，鄭文光、席澤宗，人民出版社，1975 年 7 月第一版。

六、子部之屬

1. 《荀子》，荀況撰、楊倞注，中華書局，四部備要本，民國 65 年 9 月臺四版。

2. 《老子讀本》，余培林註譯，三民書局，民國 64 年 7 月再版。

3. 《莊子集解》，莊周撰，王先謙集解，文光圖書公司，民國 55 年 2 月再版。

4. 《鶡冠子》，鶡冠子撰，陸佃解，中華書局，四部備要本。

5. 《墨子》，墨翟撰，上海商務印書館，四部叢刊初編。

6. 《管子》，商務印書館，國學基本叢書四百種，民國 57 年 3 月臺一版。

7. 《慎子》，中華書局，四部備要本。

8. 《尉繚子》，尉繚子撰，臺灣商務印書館，叢書集成簡編，民國 54

年 12 月臺一版。

9. 《呂氏春秋》，呂不韋輯，中華書局，四部備要本。

10. 《淮南子注》，高誘注，世界書局，民國 63 年 5 月六版。

11. 《說苑》，劉向撰，臺灣商務印書館，四部叢刊正編。

12. 《列子》，中華書局，四部備要本。

13. 《顏氏家訓集解》，顏之推撰、王利器注，漢京文化事業有限公司，四部刊要，民國 72 年 9 月初版。

14. 《玉虛子》，歸有光輯，諸子彙函卷九，中央圖書館藏。

15. 《日知錄集釋》，顧炎武撰、黃汝成集釋，日・中文出版社，1978 年 10 月出版。

16. 《先秦諸子繫年》，錢穆，香港大學出版社，1956 年 6 月增訂初版。

17. 《山海經校注》，袁珂，里仁書局，民國 71 年 8 月出版。

18. 《中國神話傳說》，袁珂，中國民間文藝出版社，1984 年 9 月第一版。

19. 《中國的神話與傳說》，王孝廉，聯經出版事業公司，民國 66 年 2 月初版。

20. 《神與神話》，御手洗勝等著，王孝廉、吳繼文編，聯經出版事業公司，民國 77 年 3 月初版。

21. 《中國文化的精英──太陽英雄神話比較研究》，蕭兵，上海文藝出版社，1989 年 5 月第一版。

七、類書及總集之屬

1. 《北堂書鈔》，虞世南撰，孔廣陶註，光緒刊本，文海出版社。

2. 《太平御覽》，李昉等奉敕編，靜嘉堂文庫藏宋刊本，新興書局，民國 48 年 1 月初版。

3. 《李善注昭明文選》，蕭統編、李善注，河洛圖書出版社，民國 64 年 5 月臺影印初版。

4. 《評註昭明文選》，于光華編，學海出版社，民國 70 年 9 月再版。

5. 《古文苑》，章樵注，臺灣商務印書館，國學基本叢書四百種，民國 57 年 6 月臺一版。

6. 《宋文鑑》，呂祖謙編，世界書局，民國 56 年 12 月再版。

7. 《古詩紀》，馮惟訥編，臺灣商務印書館，四庫全書珍本十集。

8. 《漢魏六朝百三名家集》，張溥輯，文津出版社，民國 68 年 8 月出版。

9. 《全唐詩》，彭定求等編、曹寅校刊，康熙四十六年武英殿刻本，

復興書局，民國 63 年 9 月三版。

10. 《古詩源》，沈德潛編，中華書局，四部備要本。

11. 《全上古三代秦漢三國六朝文》，嚴可均輯，日‧中文出版社，1981年 6 月三版。

12. 《古今文鈔》，吳曾祺纂錄，宣統二年鉛印本影印，大通書局。

13. 《全宋詞》，中央輿地出版社編印，民國 59 年 7 月初版。

14. 《清詞別集百三十四種》，楊家駱主編，鼎文書局，民國 65 年 8 月初版。

15. 《元曲三百首箋》，羅忼烈，明倫出版社，民國 64 年 4 月再版。

16. 《元人雜劇選注》，楊家駱主編，世界書局，民國 62 年 6 月四版。

17. 《敦煌變文》，王重民編，世界書局，民國 58 年 4 月三版。

18. 《中國少數民族民間文學作品選講》，吳重陽、陶立璠主編，雲南人民出版社，1984 年 11 月第一版。

八、別集之屬

1. 《阮步兵詠懷詩註》，阮籍著、黃節註，人民文學出版社，1957年 4 月初版。

2. 《靖節先生集》，陶淵明著，陶澍註，河洛圖書出版社，民國 63 年 9 月影印再版。

3. 《楊盈川集》，楊炯，上海商務印書館，四部叢刊初編，民國 54 年 8 月臺一版。

4. 《李太白全集》，李白著、王琦集註，華正書局，民國 68 年 3 月初版。

5. 《劉夢得文集》，劉禹錫，上海商務印書館，四部叢刊初編。

6. 《柳宗元集》，柳宗元，漢京文化事業有限公司，四部刊要，民國 71 年 5 月初版。

7. 《柳宗元哲學選集》，侯外廬等編，中華書局香港分局，1976 年 6 月港一版。

8. 《李賀歌詩編》，李賀，臺灣商務印書館，四部叢刊正編，民國 68 年 11 月臺一版。

9. 《稽瑞》，劉賡，後知不足齋叢書本，藝文印書館，百部叢書集成。

10. 《宛陵先生集》，梅堯臣，上海商務印書館，四部叢刊初編。

11. 《臨川先生文集》，王安石，上海商務印書館，四部叢刊初編。

12. 《濟北晁先生雞肋集》，晁補之，明‧詩瘦閣仿宋刊本，臺灣商務

印書館，四部叢刊正編。

13. 《稼軒詞編年箋注》，辛棄疾著，鄧廣銘箋註，華正書局，民國 67 年 12 月出版。

14. 《困學紀聞》，王應麟，臺灣商務印書館，四部叢刊三編。

15. 《遜志齋集》，方孝孺，商務印書館，國學基本叢書四百種，民國 57 年 12 月臺一版。

16. 《王氏家藏集》，王廷相，偉文圖書出版社，明代論著叢刊，民國 65 年 5 月出版。

17. 《曾仙女誌》，酈琥，寶顏堂秘笈本，藝文印書館，百部叢書集成。

18. 《疑耀》，張萱，嶺南遺書本，藝文印書館，百部叢書集成。

19. 《黃漳浦集》，黃道周，道光六年福州陳氏刊本，臺灣大學文學院圖書館藏。

20. 《管城碩記》，徐文靖，臺灣商務印書館，四庫全書珍本第七集。

21. 《更生齋集》，洪亮吉，中華書局，四部備要本。

22. 《小謨觴館文集》，彭兆蓀，四明叢書本。

23. 《札迻》，孫詒讓，清光緒二十一年刊本，上海千頃堂書局。

24. 《王觀堂先生全集》，王國維，文華出版公司，民國 57 年 3 月初版。

25. 《劉申叔先生遺書》，劉師培，民國 25 年寧武南氏校印本，臺灣大新書局，民國 54 年 8 月出版。

26. 《古典新義》，聞一多，九思出版社，民國 67 年 2 月臺一版。

27. 《十批判書》，郭沫若，群益出版社，民國 37 年 2 月出版。

九、文論與詩詞曲話之屬

1. 《文心雕龍注》，劉勰著、范文瀾註，學海出版社，民國 66 年 8 月初版。

2. 《滄浪詩話校釋》，嚴羽著，河洛圖書出版社，民國 67 年 5 月臺景印初版。

3. 《詩人玉屑》，魏慶之，九思出版有限公司，民國 67 年 11 月臺一版。

4. 《四溟詩話》，謝榛，清道光海山仙館叢書本，藝文印書館，百部叢書集成。

5. 《藝苑巵言》，王世貞，藝文印書館，續歷代詩話第四冊，未著出版年月。

6. 《文體明辨序說》，徐師曾，泰順書局，民國 62 年 9 月出版。

7. 《閒情偶記》，李漁，長安出版社，民國 68 年 9 月臺三版。

8. 《文史通義》，章學誠，盤庚出版社，未著出版年月。

9. 《四六叢話》，孫梅，世界書局，民國 51 年 2 月初版。

10. 《方東樹評古詩選》，方東樹評，汪中編，聯經出版事業公司，民國 64 年 5 月初版。

11. 《藝概》，劉熙載，廣文書局，民國 63 年 10 月再版。

12. 《校注人間詞話》，王國維著、徐調孚校注，漢京文化事業有限公司，民國 69 年 9 月初版。

13. 《先秦辭賦原論》，姜書閣，齊魯書社，1983 年 9 月第一版。

14. 《中國三大詩人新論》，黃國彬，源流出版社，民國 73 年 3 月初版。

15. 《司馬遷之人格與風格》，李長之，臺灣開明書店，民國 65 年 3 月臺九版。

16. 《六朝文論》，廖蔚卿，聯經出版事業公司，民國 67 年 4 月初版。

17. 《陶潛詩箋註校證論評》，方祖燊，蘭臺書局，民國 60 年 10 月初版。

18. 《柳宗元簡論》，吳文治，中華書局，1979 年 5 月第一版。

19. 《史詩探幽》，潛明玆，中國民間文藝出版社，1986 年 12 月第一版。

20. 《郭沫若古典文學論文集》，郭沫若，上海古籍出版社，1985 年 2 月第一版。

21. 《陸侃如古典文學論文集》，陸侃如，上海古籍出版社，1987 年 1 月第一版。

22. 《管錐編》，錢鍾書，蘭馨室書齋，未著出版年月。

23. 《美的歷程》，李澤厚，蒲公英出版社，民國 74 年出版。

24. 《中國文藝思潮史略》，未著作者及出版年月。

25. 《增補巫系文學論》，日・藤野岩友，大學書房，昭和 44 年 1 月增補發行。

26. 《修辭學》，黃慶萱，三民書局，民國 64 年 1 月初版。

27. 《寫作藝術大辭典》，閻景翰主編，陝西人民出版社，1990 年 2 月第一版。

十、文學史之屬

1. 《中國小說史略》，魯迅，未著出版書局與年月。

2. 《中國文學史論》，華仲麐，臺灣開明書店，民國 54 年 12 月初版，65 年 3 月三版。

3. 《中國文學發展史》，劉大杰，華正書局，民國 64 年 8 月初版。

4. 《繪圖本中國文學史》，鄭振鐸，宏業書局，未著出版年月。

5. 《簡明中國文學史》，北京師大中文系古典文學教研組編。

6. 《中國韻文通論》，傅隸樸，正中書局，民國 71 年 10 月臺初版。

7. 《中國韻文通論》，陳鐘凡，臺灣中華書局，民國 73 年 9 月臺二版。

8. 《上古秦漢文學》，柳存仁，臺灣商務印書館，民國 62 年 1 月臺二版。

9. 《中國詩歌史〔先秦兩漢〕》，張松如主編，吉林大學出版社，1988年 7 月第一版。

10. 《先秦文學》，游國恩，臺灣商務印書館，民國 61 年 8 月臺二版。

11. 《先秦文學史》，徐兆文，齊魯書社，1981 年 7 月第一版。

12. 《先秦文學探新》，陳彤，北京師範大學出版社，1990 年 9 月第一版。

13. 《先秦文學集疑》，曹礎基，廣東高等教育出版社，1988 年 7 月第一版。

14. 《中國文學流變史（二）辭賦篇》，李曰剛，聯貫出版社，民國 65年 3 月三版。

15. 《賦史》，馬積高，上海古籍出版社，1987 年 7 月第一版。

16. 《駢文史論》，姜書閣，人民文學出版社，1986 年 11 月第一版。

17. 《瑤族文學史》，黃書光、劉保元等編著，廣西人民出版社，1988年 1 月第一版。

貳、單篇論文

一、天問之屬

1. 〈天問釋疑〉，徐旭生，《努力周報》，《讀書雜誌》，四期，民國 11年。

2. 〈天問研究〉，游國恩，《國學月報》，四期，民國 14 年 6 月。

3. 〈天問〉，顧頡剛，《中山大學史語所周刊》，十一集一二二期，民國 19 年 3 月。

4. 〈天問通箋〉，劉永濟，《武大文哲季刊》，三卷二至四期，民國 22年 6 月。

5. 〈天問釋天〉，聞一多，《清華學報》，九卷三、四期，民國 23 年 7月。

6. 〈天問題解〉，游國恩，《讀騷論微初集》，商務印書館，民國 24 年，《楚辭論文集》，九思出版社。

7. 〈天問古史證二事〉，游國恩，《讀騷論微初集》，商務印書館，民國 24 年，《楚辭論文集》，九思出版社。

8. 〈楚辭天問管見〉，李翹，《文瀾學報》，二卷一期，民國 25 年 3 月。

9. 〈天問「阻窮西征」新解〉，唐蘭，《禹貢》，七卷一、二、三合期，民國 26 年 4 月。

10. 〈屈原天問篇體製別解〉，臺靜農，《臺灣文化》，二卷六期，民國 36 年 9 月。

11. 〈天問注解的困難及其整理的線索〉，林庚，《文學雜誌》，二卷十期，民國 37 年。

12. 〈屈原‧招魂‧天問‧九歌〉，郭沫若，《新華日報副刊》，1942 年，《郭沫若古典文學論文集》。

13. 〈天問是否爲屈原所作〉，蘇雪林，《臺灣新生報》六版，民國 48 年 5 月 29 日。

14. 〈怎樣是天問的題解及其體例〉，蘇雪林，《臺灣新生報》六版，民國 48 年 7 月 3 日。

15. 〈楚辭天問釋義〉，楊胤宗，《建設》，十六卷八、九、十期，民國 57 年 1、2、3 月。

16. 〈楚辭天問篇與山海經比較研究〉，傅錫壬，《淡江學報》，八期，民國 58 年 11 月。

17. 〈楚辭天問隱義及有關問題試探〉，彭毅，《文史哲學報》，二十四期，民國 64 年 10 月。

18. 〈天問文體的源流——「發問」文學之探討〉，饒宗頤，《臺大考古人類學刊》，三十九卷四十期，民國 65 年 6 月。

19. 〈楚辭天問詮釋〉，何敬群，《珠海學報》，九期，民國 65 年 12 月。

20. 〈天問的創作背景及其創作意識〉，陳怡良，《古典文學》，一集，民國 68 年 12 月。

21. 〈天問的思想內容及其文學價值〉，陳怡良，《成功大學學報》（人文篇）十五卷，民國 69 年 5 月。

22. 〈楚辭天問研究〉，徐泉馨，《花蓮師專學報》，十七期，民國 75 年 12 月。

23. 〈天問體製特色及其淵源淺探〉，陳怡良，《成功大學學報》（人文篇），二十二卷，民國 76 年 10 月。

24. 〈天問錯簡及其內容之探討〉，徐泉馨，《花蓮師院學報》第三期，民國 78 年 12 月。

25. 〈兩漢至明季之天問研究綜述〉，高秋鳳，《國文學報》，十九期，
    民國 79 年 6 月。

26. 〈屈原天問的譯文〉，郭沫若，《人民文學》，1953 年五期。

27. 〈關於屈原天問〉，方孝岳，《中山大學學報》，1955 年一期。

28. 〈屈原與古神話〉，胡小石，《雨花》，1957 年 1 月號、2 月號，上
    海古籍出版社，《胡小石論文集》。

29. 〈天問瑣記〉，高亨，《文史哲》，1962 年一期。

30. 〈古代日食傳說和楚辭天問中的「白蜺嬰茀」八句的關係〉，劉堯
    民，《文學遺產》增刊，第十輯，1962 年 7 月。

31. 〈略談屈原天問的反天命思想〉，張佩霖等，《安徽文藝》，1975 年
    四期。

32. 〈「啓代益作后」：原始社會末期的一場衝突──學習恩格斯名著，
    試解〈天問〉難句〉，蕭兵，《社會科學戰線》，1978 年三期。

33. 〈從天問看夏初建國史〉，孫作雲，光明日報，1978 年 7 月 16 日。

34. 〈天問創作的緣起──天問研究之二〉，聶恩彥，《山西師院學報》，
    1978 年四期。

35. 〈姜嫄棄子爲圖騰考驗儀式考──詩大雅生民、楚辭天問疑義新
    解〉，蕭兵，《南開大學學報》，1978 年四、五期合刊。

36. 〈奇特而深邃的哲理詩──天問〉，劉文英，《文史哲》，1978 年五期。

37. 〈天問問例述〉，姜亮夫，《大公報在港復刊三十周年紀念文集》
    （上），1978 年 10 月，上海古籍出版社，《楚辭學論文集》。

38. 〈鳳凰涅槃故事的起源〉，蕭兵，《耕耘》，1979 年一期。

39. 〈天問的主題和結構──天問研究之三〉，聶恩彥，《山西師院學
    報》，1979 年一期。

40. 〈天問的宇宙理論──天問研究之五〉，聶恩彥，《山西師院學報》，
    1979 年三期。

41. 〈天問「負子肆情」新解〉，蕭兵，《文史哲》，1979 年六期。

42. 〈天問中所見夏王朝的歷史傳說──兼論后益、后羿、有扈〉，林
    庚，《北方論叢》，1979 年六期。

43. 〈天問中所見上古各民族爭霸中原的面影〉，林庚，《文學遺產》，
    1980 年一期。

44. 〈天問中有關秦民族的歷史傳說〉，林庚，《文史》，第七輯，1980 年。

45. 〈蜂蟻‧帝臺‧中央之神〉，蕭兵，中國《古典文學研究論叢》，1980

年一輯。

46. 〈「女歧縫裳」與對偶婚的禁例〉，蕭兵，《淮陰師專學報》，1980
年一期。

47. 〈收養、入族典禮和普那路亞〉，蕭兵，《淮陰師專學報》，1980 年
一期。

48. 〈姑妃和小臣──天問中伊尹和商湯的故事〉，蕭兵，《求是學刊》，
1980 年一期。

49. 〈略談天問的幾個問題〉，德育，《北方論叢》，1980 年二期。

50. 〈天問的科學思想初探〉，劉文英，《社會科學戰線》，1980 年二期。

51. 〈釋天問第一字「曰」〉，轟恩彥，《山西師院學報》，1980 年三期。

52. 〈關於天問中的幾個古史問題〉，劉文英，《蘭州大學學報》，1980
年三期。

53. 〈談屈原天問的懷疑思想〉，謝祥皓，《齊魯學刊》，1980 年三期。

54. 〈關於天問〉，劉堯民，《思想戰線》，1980 年四期。

55. 〈試論天問所反映的周楚民族的兩次鬥爭──屈賦新探之八〉，湯
炳正，《四川師院學報》，1980 年四期。

56. 〈天問解題〉，陳子展，《復旦學報》，1980 年五期。

57. 〈屈原天問與楚國壁畫〉，溫肇桐，《江漢論壇》，1980 年六期。

58. 〈天問「兄有噬犬」節索解〉，龔維英，《學術月刊》，1980 年十二期。

59. 〈天問與雲南少數民族神話〉，秦家華，《思想戰線》，1981 年一期。

60. 〈天問的神話傳說〉，轟恩彥，《山西師院學報》，1981 年一期。

61. 〈從神話傳說看夏王朝之建立〉，蕭兵，《徐州師院學報》1981 年二
期。

62. 〈意在問中與理在事中──略論天問的藝術形式〉，劉文英，《甘肅
師大學報》，1981 年三期。

63. 〈從天問探索啓和武觀衝突史事〉，龔維英，《南充師院學報》，1982
年一期。

64. 〈對天問寫作年代的推測〉，潘嘯龍，《爭鳴》，1982 年四期。

65. 〈先秦對天的認識與天問〉，黃瑞雲，長江文藝出版社，1983 年，《屈
原研究論集》。

66. 〈天問「顧菟在腹」與南北文化交融〉，湯炳正，長江文藝出版社，
1983 年，《屈原研究論集》。

67. 〈天問尾章「薄暮雷電歸何憂」以下十句〉，林庚，人民文學出版

社，1983 年，《天問論箋》。

68. 〈天問解題中涉及的三個問題〉，石成，《韓山師專學報》，1983 年一期。

69. 〈試從天問看屈原思想的時代精神〉，李金錫，《鞍山師專學報》，1983 年二期，春風文藝出版社，1986 年 12 月，《屈荀辭賦論稿》。

70. 〈天問「勳闔夢生」句新解〉，蕭兵，天津《社會科學》，1983 年二期。

71. 〈楚辭天問與楚宗廟壁畫〉，孫作雲，中州書畫社，1983 年 9 月，《楚文化研究論文集》。

72. 〈天問結構初探〉，龔維英，《青海師範學院學報》，1983 年三期。

73. 〈天問是抒情詩嗎〉，龔維英，《福建論叢》，1983 年六期。

74. 〈評王夫之楚辭通釋天問篇〉，劉文英，《江漢論壇》，1983 年五期。

75. 〈從楚辭通釋天問篇看王夫之的哲學〉，劉文英，《江漢論壇》，1983 年六期。

76. 〈從楚辭集注天問篇看朱熹的哲學〉，劉文英，《社會科學》（甘肅），1983 年六期。

77. 〈天問錯簡試探〉，郭世謙，《文史》，十八輯，1983 年 7 月。

78. 〈天問文體的比較研究〉，蕭兵，《文獻》，十九輯，1984 年 3 月。

79. 〈天問「顧菟在腹」別解〉，湯炳正，齊魯書社，1984 年 2 月，《屈賦新探》。

80. 〈天問是否呵壁之作〉，張碩城，《學術論壇》，1984 年一期。

81. 〈從內證探索天問的著作期〉，龔維英，《延安大學學報》（社科版），1984 年三期。

82. 〈從內證看天問的著作權〉，龔維英，《社會科學》（蘭州），1984 年四期。

83. 〈古代宇宙論的一場探索——從天對和天問注看柳、朱宇宙論的異同〉，瞿廷瑨，《社會科學》（上海），1984 年四期。

84. 〈屈原天問與古代繪畫〉，蕭兵，遼寧省文學會屈原研究會，1984 年，《楚辭研究》。

85. 〈天問和天對〉，聶恩彥，《山西師大學報》，1985 年一期。

86. 〈天問——屈原給弟子的思考提綱〉，趙輝，《江漢論壇》，1985 年十二期。

87. 〈從天問看商楚文化關係〉，鄭慧生，中州古籍出版社，1986 年 7 月，《楚文化覓蹤》。

88. 〈天問和雲南風物、神話〉，龔維英，《民間文藝季刊》，1986 年一期。

89. 〈檮杌和美洲虎：以圖騰命名的史書──兼論天問和楚帛書的民俗性質〉，蕭兵，《淮陰師專學報》，1986 年一期。

90. 〈「伯禹愎鯀」與產翁習俗〉，程德祺，《文史知識》，1986 年五期。

91. 〈「四方之門」與「西北辟啓」新解〉，劉信芳，《四川師範大學學報》，1987 年一期。

92. 〈天問作於桃花江考〉，李正初，湖南省屈原學會，1987 年，《屈原研究論文集》。

92. 〈天問的歷史觀〉，轟恩彥，《山西師大學報》，1987 年三期。

93. 〈論天問、橘頌之題旨來源──與三澤玲爾先生商榷〉，徐志嘯，《上海社會科學院學術季刊》，1987 年四期。

94. 〈戰國宇宙本體大討論與天問的產生〉，羅漫，《文學遺產》，1988 年一期。

95. 〈天問題旨探微〉，姚益心，《復旦學報》，1988 年四期。

96. 〈從天問看史前社會的對偶婚〉，劉昌安，《西北大學學報》，1988 年四期。

97. 〈天問的淵源與藝術〉，潘嘯龍，《中國社會科學》，1988 年六期。

98. 〈天問發微〉，路百占，《許昌師專學報》，1989 年二期。

99. 〈楚辭天問篇研究〉，韓·張深鉉作、陳伯豪節譯，《華學月刊》，十九期，民國 62 年 7 月。

100. 〈楚辭天問與苗族的創世歌〉，日·伊藤清司，《史學》，四十八卷二號，1977 年 6 月。

101. 〈楚辭天問探源〉，日·藤野岩友，《漢文學學會會報》，二十四期，1978 年。

102. 〈楚辭天問篇作者考〉，日·家井眞著、林慶旺譯，聯經出版事業公司，民國 77 年 3 月，《神與神話》。

二、楚辭之屬

1. 〈屈原研究〉，梁啓超，《文哲學報》，三期，民國 10 年 3 月。

2. 〈讀楚辭〉，胡適，《努力周報讀書雜誌》，四期，民國 10 年。

3. 〈讀讀楚辭〉，陸侃如，《努力周報讀書雜誌》，四期，民國 10 年。

4. 〈屈原評傳〉，陸侃如，亞東圖書館，民國 14 年，《屈原》，上海古籍出版社，《陸侃如古典文學論文集》。

5. 〈楚辭之祖禰與後裔〉，沅君，《北京大學研究所國學所月刊》，一卷二號，民國 15 年 11 月。

6. 〈楚辭各篇作者考〉，陳鐘凡，《圖書館學季刊》，一卷四期、二卷一期，民國 15 年、16 年 12 月。

7. 〈楚辭與中國神話〉，玄珠，《文學周報》，六卷八期，民國 17 年 7 月，中山大學民俗叢書，鍾敬文，《楚詞中的神話傳說》。

8. 〈屈賦考源〉，游國恩，《武大文哲季刊》，一卷三、四期，民國 19、20 年。

9. 〈楚辭補說〉，陸侃如，《文學年報》，三期，民國 26 年 5 月，上海古籍出版社，《陸侃如古典文學論文集》。

10. 〈楚辭郭注義徵〉，胡光煒，《圖書月刊》，一卷七、八期，民國 30 年，上海古籍出版社，《胡小石論文集》。

11. 〈屈原的思想〉，郭沫若，《歷史人物》，民國 31 年 2 月。

12. 〈屈原之死〉，陶光，《大陸雜誌》，一卷八期，民國 39 年 11 月。

13. 〈楚辭探究〉，金達凱，《民主評論》，九卷三期，民國 47 年 2 月。

14. 〈屈原為儒家考〉，楊胤宗，《孔孟月刊》，三卷十一期，民國 54 年 7 月。

15. 〈屈原與楚辭〉，黃勗吾，《南洋大學學報》，創刊號，民國 56 年。

16. 〈楚辭源於詩經考〉，袁顯相，《嘉義農專學報》，三期，民國 59 年 10 月。

17. 〈楚辭方言考辨〉，傅錫壬，《淡江學報》，九期，民國 59 年 11 月。

18. 〈稼軒與楚辭〉，傅錫壬，《文史季刊》，一卷二期，民國 60 年 1 月。

19. 〈楚辭屈宋文研究導論〉，何敬群，《珠海學報》，五期，民國 61 年 1 月。

20. 〈屈原論〉，陳嘉立，《醒獅月刊》，十卷七期，民國 61 年 7 月。

21. 〈楚辭與古西南夷之故事畫〉，饒宗頤，《故宮季刊》，六卷四期，民國 61 年夏。

22. 〈論屈賦之流變〉，趙璧光，《成功大學學報》，八卷，民國 62 年 6 月。

23. 〈屈原的儒家精神〉，傅錫壬，《孔孟月刊》，十四卷十二期，民國 65 年 8 月。

24. 〈說屈原話漁父〉，李正治，《鵝湖》，二卷四期，民國 65 年 10 月。

25. 〈楞伽楚辭與李賀的悲劇〉，楊鍾基，《中國學人》，六期，民國 66 年 9 月。

26. 〈六十年來之楚辭學〉，黃志高，《師大國研所集刊》，二十二號，民國 67 年 6 月。

27. 〈論屈賦淵源於詩三百篇〉，魏子高，《中華文學復興月刊》，十一卷十期，民國 67 年 10 月。

28. 〈屈原的愛國思想〉，張震，《民主憲政》，五十一卷五期，民國 68 年 9 月 15 日。

29. 〈楚辭虛字藝術觀〉，史墨卿，《高雄師院學報》，八期，民國 69 年 1 月。

30. 〈詩經比較研究楚辭篇〉，裴普賢，《中外文學》，八卷八、九期，民國 69 年 1、2 月。

31. 〈楚辭之影響〉，史墨卿，《中國國學》，八期，民國 69 年 7 月。

32. 〈楚辭的文學價值〉，傅錫壬，巨流圖書公司，民國 71 年 12 月，《中國文學講話（一）概說之部》。

33. 〈詩經比較研究——楚辭補充篇——楚辭承襲詩經用韻的特色〉，裴普賢，《孔孟學報》，四十五期，民國 72 年 4 月。

34. 〈楚辭的時代背景及其形成因素〉，王熙元，巨流圖書公司，民國 72 年 10 月，《中國文學講話（二）周代文學》。

35. 〈歷代楚辭品評要略〉，史墨卿，《中國國學》，十三期，民國 74 年。

36. 〈楚辭中的夏族神話解析〉，傅錫壬，《中外文學》，十五卷三期，民國 75 年。

37. 〈偉大的愛國詩人——屈原〉，郭沫若，《人民日報》，1953 年 6 月 15 日。

38. 〈屈原作品介紹〉，游國恩，《光明日報》，1953 年 6 月 15 日。

39. 〈屈原作品在中國文學上的影響〉，鄭振鐸，《文藝報》，1953 年 17 號，作家出版社，1957 年，《楚辭研究論文集》。

40. 〈略論楚辭〉，馬茂元，《語文教學》，1958 年二期。

41. 〈屈原作品分論〉，游國恩，《作家與作品叢書》，《屈原》，上海書局，1973 年 10 月在港出版。

42. 〈論屈原的哲學思想〉，劉蔚華，《哲學研究》，1978 年十一期。

43. 〈屈賦英華——屈原作品裡詩人形象的分析〉，蕭兵，《文學評論叢刊》，1979 年二期。

44. 〈馬王堆帛畫與楚辭〉，蕭兵，《考古》，1979 年三期。

45. 〈屈原賦的歷史意義〉，聶石樵，《北京師範大學學報》，1979 年四期。

46. 〈屈賦英華——屈原抒情詩裡人物形象之分析〉，蕭兵，《文藝論叢》，第九輯，1980 年。

47. 〈屈原和楚辭〉，任望，《河北文學》，1980 年十二期。

48. 〈屈賦楚語義疏〉，姜書閣，《求索》，1981 年一、二期，齊魯書社，1983 年，《先秦辭賦原論》。

49. 〈聞一多先生論楚辭〉，鄭臨川，《社會科學輯刊》，1981 年一、二期。

50. 〈從風騷並稱看詩經與楚辭的關係〉，丁冰，《牡丹江師院學報》，1981 年一期。

51. 〈楚辭與原始社會史研究〉，蕭兵，《民族學研究》，1981 年二期。

52. 〈楚辭淵源試探〉，丁冰，《東北師大學報》，1981 年四期。

53. 〈屈原的哲學思想〉，胡念貽，中國社會科學出版社，1981 年 12 月，《先秦文學論集》。

54. 〈屈原事跡續考〉，姜亮夫，《淮陰師專活頁文史叢刊》，五十一期，1981 年。

55. 〈論屈原的政治思想〉，朱碧蓮，《學習與求索》，1982 年四期。

56. 〈屈賦語言的旋律美〉，湯炳正，《四川師院學報》，1982 年四期，齊魯書社，1984 年 2 月，《屈賦新探》。

57. 〈屈原的「美政」思想與尚書的異同〉，姚益心，《江漢論壇》，1983 年十二期。

58. 〈曾侯乙墓的棺畫與招魂中的「土伯」〉，湯炳正，齊魯書社，1984 年，《屈賦新探》。

59. 〈從屈賦看古代神話的演化〉，湯炳正，齊魯書社，1984 年，《屈賦新探》。

60. 〈試論屈原騷賦與楚族巫舞的關係〉，王錫三，《天津師大學報》，1984 年三期。

61. 〈楚辭與楚俗〉，吳永章，長江文藝出版社，1984 年 5 月，《屈原研究論文集》。

62. 〈論楚辭與劉安淮南子之關係〉，陳廣忠，《社會科學》（甘肅），1984 年四期。

63. 〈論屈原的精氣說〉，涂又光，湖北人民出版社，1984 年 10 月，《楚史論叢初集》。

64. 〈楚辭書目五種補逸〉，姜亮夫，上海古籍出版社，1984 年 12 月，《楚辭學論文集》。

65. 〈略談詩經和楚辭藝術形式的異同〉，羅昌奎，《中國古代近代文學

研究》，1985 年一期。

66. 〈關於屈原的戲曲作品〉，徐扶明，《湖北師範學院學報》，1985 年三期。

67. 〈屈賦中的楚婚俗〉，王紀潮，《江漢論壇》，1985 年三期。

68. 〈評蕭兵楚辭研究〉，趙沛霖，《文藝研究》，1985 年六期。

69. 〈試論屈原賦之「怨」的思想內容和藝術特色——中國古典悲劇初探〉，陳有昇，木鐸出版社，民國 74 年 9 月，《中國古代美學藝術論》。

70. 〈屈原賦的民族學考察〉，張正明，《民族研究》，1986 年二期。

71. 〈詩經和楚辭所反映的人與自然的關係〉，韋鳳娟，《文學遺產》，1987 年一期。

72. 〈從江陵楚墓竹簡看楚辭九歌〉，湯漳平，齊魯書社，1988 年一期，《楚辭研究》。

73. 〈楚辭先聲——楚地民歌敘說〉，蔡靖泉，齊魯書社，1988 年一期《楚辭研究》。

74. 〈淺談楚辭和楚文化〉，劉伯嚴，《湖南教育學院學報》，1988 年一期。

75. 〈略論從詩經到楚辭的詩歌發展流變問題〉，張碧波、高國興，《學習與探索》，1988 年三期。

76. 〈原始與文明的交響曲——楚辭藝術形態考察，兼論楚辭與詩經的邏輯關係〉，廖群，《文學遺產》，1988 年五期。

77. 〈屈原誕生的文化母體〉，吳龍輝，《江漢論壇》，1988 年八期。

78. 〈略論屈原詩歌的悲劇美〉，陶佳珞，《江漢論壇》，1988 年九期。

79. 〈論屈原作品中東西部文化板塊及成因〉，束有春，《陝西師大學報》，1989 年一期。

80. 〈屈原研究論文摘編〉，鍾聞，《中國古代近代文學研究》，1989 年二期。

81. 〈楚文化和屈原〉，潘嘯龍，《文學評論》，1989 年四期。

82. 〈關於楚辭的座談會〉，日‧淺野通有等、高鵬譯，湖北人民出版社，1986 年 3 月，《楚辭資料海外編》。

83. 〈楚辭的日本刻本及日本學者的楚辭研究〉，日‧竹治貞夫著、徐公持譯，湖北人民出版社，1986 年 3 月，《楚辭資料海外編》。

三、楚文化之屬

1. 〈長沙楚墓時占神物圖卷考釋〉，饒宗頤，《東方文化》，一卷一期，

民國 43 年。

2. 〈楚繒書疏證〉，饒宗頤，《歷史語言研究所集刊》，第四十本，民國 57 年 10 月。

3. 〈荊楚文化〉，饒宗頤，《歷史語言研究所集刊》，第四一本第二分，民國 58 年 6 月。

4. 〈楚帛書新證〉，饒宗頤，中華書局香港分局，1985 年 9 月，《楚帛書》。

5. 〈楚帛書之內涵及其性質試說〉，饒宗頤，中華書局香港分局，1985 年 9 月，《楚帛書》。

6. 〈三楚所傳古史與齊魯三晉異同辨〉，姜亮夫，《歷史學》，1979 年四期，上海古籍出版社，1984 年 12 月，《楚辭學論文集》。

7. 〈論楚帛書中的天象〉，李學勤，《湖南考古輯刊》，第一集，1982 年 11 月。

8. 〈楚文化審美特徵及美學思想學術討論會綜述〉，張君、高逸群，《江漢論壇》，1983 年八期。

9. 〈楚帛書中的古史與宇宙觀〉，李學勤，湖北人民出版社，1984 年 10 月，《楚史論叢初集》。

10. 〈山海經神話與楚文化〉，袁珂，湖南文藝出版社，1988 年 1 月，《巫風與神話》。

四、其 他

1. 〈詩歌的起源及其流變〉，王了一，《國文月刊》，五十五期，民國 36 年五月。

2. 〈古代文學起源新探〉，葉華，《國文月刊》，七十四期，民國 37 年 12 月。

3. 〈先秦散文中的韻文〉，龍宇純，《崇基學報》，二、三卷，民國 52 年 5 月、11 月。

4. 〈戰國文學〉，饒宗頤，《歷史語言研究所集刊》，第四十八本，民國 66 年 12 月。

5. 〈尚書的文學價值〉，許錟輝，巨流圖書公司，民國 71 年 12 月，《中國文學講話（一）概說之部》。

6. 〈論漢賦之寫物言志傳統〉，曹淑娟，《師大國研所集刊》，二十七號，民國 72 年 6 月。

7. 〈鵬鳥賦與鸚鵡賦之比較研究〉，高秋鳳，《中華文化復興月刊》，

十八卷九期，民國 74 年 9 月。

8. 〈浴火再生的鳳凰——訪問蕭兵教授〉，鹿憶鹿，《國文天地》，四卷十一期，民國 78 年 4 月。

9. 〈禹的婚姻問題〉，孫致中，《河北大學學報》，1981 年二期。

10. 〈中國神話對於後世文學的影響〉，袁珂，浙江人民出版社，《民間文學論文集》，1982 年 1 月。

11. 〈我國古代文學研究的一些問題〉，鍾敬文，《文學遺產》，1982 年一期。

12. 〈論史詩性〉，王先霈，《社會科學》（甘肅），1984 年六期。

13. 〈敦煌俗賦的淵源及其與變文的關係〉，程毅中，《文學遺產》，1989 年一期。